引きこもり転生エルフ、仕方なく旅に出る

vol.3

［著］

Greis

グライス

［イラスト］ Genyaky

A reincarnated elf who is withdrawn has no choice but to go on a journey.

レスリー
しっかり者なカイルの兄。
魔術大学で働いているが、
優秀過ぎて妬まれることも
しばしば……？
レイア
カイルの姉。
実力派冒険者パーティ
《月華の剣》のリーダーを務める。
凛とした女性で、
男女問わずファンが多い。
カイル
マイペースな転生者。
ハイエルフに生まれ変わってから
358年もの間里に引きこもり続け、
魔術や武術の腕を
磨いてきた。

ミシェル
ウルカーシュ帝国を
治める皇帝。
何やら神と、
浅からぬ縁が
あるようで……!?
グレイス
近接戦闘が得意な
近衛隊の隊長。
主君であるミシェルとは
幼馴染。
カイルを
見守る
精霊たち
赤の精霊
緑の精霊
青の精霊
黄の精霊

プロローグ

先日結んだ『ある約束』を果たすため俺は一人、暖かな日差しが降り注ぐ街の中をのんびりと歩いていた。

その道すがら、これまでを振り返る。


日本で過ごした一度目の生は、不摂生《ふせっせい》が祟《たた》り唐突《とうとつ》に終わりを迎えた。

しかし長命な種族《しゅぞく》――エルフ族のカイルとして、エルフの里に転生することに。

長い寿命《じゅみょう》を得た俺は、生来の凝《こ》り性《しょう》を存分に発揮《はっき》し、魔術の研究や武術の訓練に明け暮れた。

その年月、実に三百五十八年。

結果、あまりにも外に出ない俺を心配した家族に、四人の精霊様と共に無理やり見聞《けんぶん》を広めるための旅に出されてしまう。

そうして俺が最初に向かったのはウルカーシュ帝国の辺境領、城塞《じょうさい》都市メリオス。

そこで実力派冒険者パーティ《月華《げっか》の剣《つるぎ》》のリーダーとして活躍《かつやく》する姉さんと、パーティメンバーであるリナさん、セインさん、ユリアさん、モイラさんたちに出会う。

彼女たちは外見こそ普通の人間。

しかし、リナさんは夢魔《むま》、セインさんは妖精《ようせい》、モイラさんは竜《りゅう》、ユリアさんは狐《きつね》の力を、それぞれ有しており、かなり強い。

俺は気付けば彼女たちの手伝いをさせられることに。

ギルドの依頼を受けて森の異変について調査したり、隣国との戦争を共に戦ったりと、忙《せわ》しない日々を送っていた。

この間も、俺たちはモイラさんの兄であり、竜人族《ドラゴニュート》でもあるガイウスさんから誘《さそ》いを受けて、彼の故郷《こきょう》である竜人族の隠れ里に赴《おもむ》いたのだが、そこで、封印が解《と》かれて邪竜《じゃりゅう》が復活するという騒《さわ》ぎが起こった。

間違っても俺らが負けるような相手ではなかったものの、倒すのには骨が折れたなぁ。

とはいえ隠れ里に住む竜人族や竜種とは仲良くなれたし、また機会があったら行きたいものだ。

そんな旅を終え、俺はメリオスに帰ってきた。

しかし、何やら問題が発生しているらしい。

俺は以前、魔石《ませき》で動く自我のある自律生物――スライムアニマルを深い交流のあるダモナ教会の孤児院《こじいん》にプレゼントした。

そのスライムアニマルが、ちょっかいを出してきた商人を撃退《げきたい》してしまったんだとか。

それを聞きつけたメリオスの領主フォルセさんが、スライムアニマルが危険でないか他の宗教関係者を連れて視察《しさつ》に来ることとなった。

それに同席してほしいと、教会の司祭であるリムリットさんに頼まれたのだが——

若干の不安と共に迎えた視察日当日、フォルセさんたちの反応は意外にも良好。

話を聞くに、『なんとなく危険ではなさそうだと分かっていたが、噂《うわさ》のスライムアニマルに会いたかった』というのが、視察の理由らしい。

そんなわけでスライムアニマルが取り上げられる、なんてことにはならなかったが、他の教会や神殿にもスライムアニマルを作ってほしいと頼まれてしまった。

問題を起こした時にはフォルセさんがスライムアニマルを回収するという条件の元、俺は彼の願いを受け入れた。

そしてついこの間、スライムアニマルを作り終えたため、約束通りそれを届けるべく、孤児院に向かっていたというわけだ。

第一話　忍《しの》び寄る魔の手

孤児院巡りも順調《じゅんちょう》に進み、残すところあと一箇所《かしょ》だ。

この世界の孤児院の多くは、神を信奉《しんぽう》する教会や神殿《しんでん》によって運営されている。

とはいえ全ての教会・神殿が同じ神を信じているというわけではなく、信奉する神はそれぞれ異なっているのだ。

そう言えば、今日訪れた孤児院のほとんどで、教会や神殿の代表である司祭さんや、その護衛《ごえい》をする騎士《きし》たちの姿を見かけたな。

彼らもスライムアニマルによほど興味があったのだろう。

ただ、評価されているのは嬉《うれ》しいが、悪用されないよう注意しないとな。

そんな風に考えつつ、足を止める。

目的地――戦いの神を信奉する神殿の司祭である、ウィクトルさんがいる孤児院に到着《とうちゃく》したのだ。

元々ここへは最初に訪れるはずだったのだが、ウィクトルさんが他の司祭たちに順番を譲《ゆず》ったのである。

優しい彼らしい振《ふ》る舞《ま》いだ。

玄関《げんかん》で出迎えてくれたウィクトルさんと一緒に、孤児院の中へと入ると、大勢の子供たちが笑顔で駆《か》け寄ってくる。

俺は早速子供たちにスライムアニマルをプレゼントする。

すると、子供たちはすぐに夢中になってスライムアニマルと遊び始めた。

ウィクトルさんと並んで、そんな様子を笑顔で眺《なが》める。

少しして、ウィクトルさんは真剣《しんけん》な表情で、「別室に来てくれ」と言い出す。

どうやらここでは話せないことがあるらしい。

俺はウィクトルさんに続いて部屋を出る。

やがて到着したのは、彼の執務室《しつむしつ》だった。

二人して椅子《いす》に座ると、ウィクトルさんはゆっくりと口を開いた。

「カイル殿《どの》、ここ最近の間で帝国全土で起こるようになった、ある事件について知っているか？」

「実は俺は少し前まで帝国を離れていたんです。なので最近の話はあまり知らなくて……」

正直に答えると、ウィクトルさんは小さく頷《うなず》く。

「そうか、それなら仕方ないな。ではまずは事件について説明しよう。ここ最近の間で、子供が何人も攫《さら》われているのだ。それはここ、メリオスも例外ではない」

「誘拐《ゆうかい》……ですか」

「そうだ。祭りや遠足などではぐれてしまった子供が帰ってこなくなるというパターンが多いな。シスターたちもなるべく子供から目を離さないようにはしているが、それだって気の緩《ゆる》む時くらいある。とはいえ子供にとって祭りや遠足は大切なイベントだ。中止にはしたくないんだが、これ以上こういったことが続くと、そうも言っていられないかも知れなくてな……」

そう言って、ウィクトルさんは悔しそうに拳《こぶし》を握《にぎ》った。

子供を大切に思う彼にとって、誘拐事件が起こっていることは何より辛《つら》いのだろう。

俺も何かしら協力出来ないかと思い、尋《たず》ねる。

「攫われる子供は孤児院にいる子だけなんですか？」

「そういうわけでもないらしい。一般家庭の子供、そして貴族の子息や令嬢《れいじょう》も攫われていると聞いた。犯人にとって、『子供を攫う』という点が重要なようだ」

ウィクトルさんはそう言うと、俺に向き直った。

「だからカイル殿も、子供たちを今まで以上に気にかけてやってくれると嬉《うれ》しい」

その言葉に、俺は力強く頷く。

「わかりました。俺の方でも対策《たいさく》を考えてみます。ウィクトルさんも、子供たちが遠出する際《さい》には、必ずスライムアニマルを何体か護衛《ごえい》に付けてあげてください」

俺の作ったスライムアニマルは見た目は可愛いが、上位の魔物や魔獣程度の戦闘力を有している。

誘拐犯から子供を守る助けになってくれるだろう。

そんな俺の意図を察《さっ》してくれたのだろう、ウィクトルさんは頷く。

「そうだな。俺の方からも、改めてシスターや騎士に伝えておこう。他の神殿や教会にも伝えておく」

「お願いします」

俺はそう言って頭を下げた。

それからもう少し事件について話して、俺は孤児院を後にするのだった。


孤児院の訪問を終えた俺は、『憩《いこ》いの広場』へ。

広場内の屋台《やたい》で串焼き肉を買う。

そして置かれたベンチに座り、一息吐《つ》いた。

この広場はメリオスを拠点《きょてん》にするようになってから厄介《やっかい》になっている、レスリー兄さんの屋敷《やしき》の近くにある。

人や屋台で程よく賑《にぎ》わっているもののうるさすぎず、のんびりするには最適な場所なのだ。

俺はベンチの背もたれに体重をかけながら、今日聞いたことを思い出し、一人呟《つぶや》く。

「……帝国内で子供が攫われる事件が起きている、か……」

俺は子供たちを守るための方法を考える。

流石《さすが》に俺一人で帝国全土の子供を守ることは出来ないだろうが、せめて孤児院の子供たちは確実に守り切りたい。

まず、ウィクトルさんにお願いしたように、スライムアニマルに子供たちを護衛《ごえい》してもらうのは前提として、それ以外にも孤児院に侵入検知《しんにゅうけんち》用の魔術陣——文字や紋様《もんよう》が組み合わさって出来た、魔術を起動させる図——を設置したり、子供たちに防犯用の魔道具を持たせたりした方がいいだろうな。

さっきウィクトルさんが、帝国上層部もこの事件を問題視しているが、犯人に繋《つな》がるような情報は掴《つか》めていないと言っていた。

メリオスは領主であるフォルセさんが積極的《せっきょくてき》に事件の解決に動いているから、領軍を動かしたり冒険者ギルドに依頼したりと対策を講《こう》じているみたいだが、一領主に出来ることには限りがあるし、他の地域では何も対策していない、なんてこともあるらしい。

考えれば考えるほど、難しい一件である。

まぁひとまず、出来ることからやっていくか。

俺は大きく息を吐いて立ち上がる。

　そしてリムリットさんに通信魔術で、次の目的地であるダモナ教会の孤児院にシスターさんや騎《き》士《し》さんを集めておいて欲しい旨《むね》を伝えた上で、孤児院に向かって歩き出した。

　孤児院に着くと、リムリットさんとエマさんが出迎えてくれた。

　そしてリムリットさんの執務室に移動する。

　そこには既《すで》に、シスターさんや騎士さんたちが集まっていた。

　先程通信魔術を送った時に聞いたのだが、孤児院の人たちも誘拐事件については知っているらしいので、そこらへんの説明は省《はぶ》き、憩いの広場で考えていた孤児院における防犯のアイデアを発表した。

　皆さんは俺のアイデアを聞いて神妙《しんみょう》に頷く。

　そして数秒後、シスターさんの一人が聞いてくる。

「侵入検知の魔術陣って、ちゃんと侵入者と子供たちを区別できるんですか？」

「今回設置する魔術陣は『魔力登録式《まりょくとうろくしき》』にするつもりです。それに万が一誤作動《ごさどう》が起こったとしても、侵入検知の魔術は警報音《けいほうおん》が大音量で鳴《な》るというものですから、子供たちが怪我《けが》することはありません」

　リムリットさんが「魔力登録式ってのは、いったいなんだい？」と言って首を傾《かし》げる。

俺は分かりやすく説明するために、手のひらを広げ、魔力を軽く放出する。

「魔力には生物ごとに独自の波長があります。この波長を魔道具や魔術陣に登録することで、孤児院関係者の波長以外では術式が起動しないように出来るんです」

その説明を聞いたことで、リムリットさんとシスターさんは納得したように頷いた。

俺は続ける。

「魔術陣や魔道具の安全面についてはそれ以外にも、二重三重の対策を施《ほどこ》したいと考えています。それに関しては兄や姉、《月華の剣》のみんなにも協力してもらうつもりですしね」

騎士の一人が嬉しそうに言う。

「願ってもないことです。彼らの力を借りられるとなれば、百人力ですな」

次に、エマさんが防犯の魔道具について質問する。

「魔道具に付与した魔術を解読《かいどく》された際の対策は考えていますか？　また、子供たちに与えた防犯の魔道具が盗《ぬす》まれる可能性は？」

人差し指を立て、一つ目の質問に答える。

「魔道具には、多層構造《たそうこうぞう》の魔術を付与します。そうすれば、解読はかなり困難《こんなん》になるでしょう」

複数の術式を組み合わせた多層構造の魔術は、組み上げるのは大変だが、その分読み取るのもかなり難しいからな。

俺は続ける。

「また、魔道具の方も魔力登録式にすれば、たとえ盗まれても犯人には使えません」

「なるほど……それなら安心ですね」

エマさんは納得したように笑顔で頷く。

しかし、懸念点《けねんてん》もある。

「……ですが魔術陣と違って、子供たちが魔力を扱えなければ、魔道具は起動出来ません。例えば、犯人に魔力を封じられたら、魔道具は使えなくなってしまいますね」

世の中には魔力を封じる魔道具もある。それを使われたらひとたまりもないわけだ。

俺の言葉を聞いて、みんなが不安そうな表情を浮かべた。

暗くなった雰囲気を変えるため、「とはいえ、対策も考えてありますけどね」と伝え、俺は笑いかける。

「魔力を封じる魔道具は既に起動している魔術に干渉《かんしょう》できないものがほとんどです。なので、子供たちに向けられた敵意《てきい》や害意を感知して、魔道具に溜《た》めておいた魔力を使って、自動的に結界を展《てん》開《かい》し、さらに警報を鳴らす魔術を組み込むことで対策しようと考えています。とはいえ魔道具は子供に持たせる関係でサイズを小さくしなければならず、おのずと内部に溜めておける魔力も少なくなります。警報が聞こえたらすぐに駆けつけてあげてくださいね」

全員が頷いた。

納得してもらえたようで何よりだ。

そのあとも色々な質問や意見に答えた。

そして、ある程度意見が纏《まと》まったタイミングで、侵入検知の魔術陣を設置《せっち》すること、防犯の魔道具を持たせることについて改めて賛否《さんぴ》を問う。

結果は、全員が賛成。

術式や魔道具が完成次第、速《すみ》やかに導入することになった。

さて、堅苦《かたくる》しい話は終わりだ。

俺は皆さんに挨拶《あいさつ》をしてから庭《にわ》に出る。

そして日が落ちるまで子供たちやスライムアニマルたちと目一杯遊ぶのだった。


疲れ果てながら兄さんの屋敷に帰宅したのだが、室内は静かだ。

リビングに向かい、机の上を見ると、『今日は帰らない』という書き置きがあった。

どうやら兄さんは忙しいらしい。

仕方ない。魔術陣の設置について相談するのは明日にしよう。

そう結論づけて俺は一人で夕食を摂《と》り、自室に向かう。

そして子供たちや、スライムアニマルのミストラルたちの顔を思い浮かべながら、侵入検知の魔術と、防犯の魔道具を製作して夜を過ごすのだった。

◇　◇　◇　◇

翌朝リビングに行くと、兄さんが居間で寛《くつろ》いでいた。

兄さんに声を掛《か》け、帝国で起きている子供たちに関する事件について話した。

魔術大学に勤めている兄さんも、子供の教育に関わる者として事件のことは気になっていたようだ。

しかし、兄さんは優秀《ゆうしゅう》であるが故《ゆえ》に、その実力を妬《ねた》んだ一部の人から距離《きょり》を取られている。

今回の事件についてもそういった事情で、中々具体的な行動に移ることが出来なかったみたい。

あと、シンプルに忙しくて、他事に割《さ》く時間がないっていうのもありそうだが。

続いて俺は、事件の対策に関して孤児院に話をしにいったことについても伝える。

兄さんは口を開く。

「カイル、お前の考えた対策は効果的だと思うぞ。ただ、やるからには全力でやる必要がある。妥《だ》協《きょう》したら、その綻《ほころ》びから子供たちが危険にさらされるかもしれないし、犯人に余計な警戒心を抱《いだ》かせてしまう可能性もある」

「当然、やるからには全力を尽くすよ」

俺の言葉を聞いた兄さんは沈黙《ちんもく》したあと、神妙な面持ちで言う。

「……小児性愛者《しょうにせいあいしゃ》が犯行に及《およ》んでいるのかもしれないが、単独犯にしては犯行の規模《きぼ》が大き過ぎるのが気になる。裏《うら》に何かしらの宗教的な思想を持った集団がいる可能性があるな」

「……それって、子供が生贄《いけにえ》に使われているってこと？」

兄さんは「そうかもな」と答えた。

子供の純粋《じゅんすい》な心や清《きよ》らかな精神は、高位存在である神や悪魔を呼び寄せる上で重要なエネルギーになる。

犯人がそれを狙っているという推測《すいそく》。

俺も実は薄々《うすうす》そうではないかと考えていたが、魔術の専門家である兄さんも同じことを思っていたようだ。

「私が冒険者をやっていた時に、子供の誘拐事件の捜査《そうさ》に参加したことがある。その時の犯行の動機《どうき》も生贄を集めることだった。現場は悲惨《ひさん》そのものだったよ」

俺はかつて、兄さんが何十年か冒険者として生活していたのだと聞いたことがある。

もしかしたら兄さんが冒険者を辞《や》めたのは、そのような辛い経験も関係しているのかもしれない。

そんな風に考えていると、《月華の剣》のみんなが居間に入ってきた。

俺は彼女たちを呼び止める。

「姉さん、それに皆さんにも、ちょっといいですか？　手伝ってもらいたいことがあるんですけど」

俺がそう言うと、《月華の剣》のみんなが同時にこちらを見る。

「うん？　お前が頼み事だなんて珍しいな？」

姉さんが不思議そうな顔で返答した。

「まあね。ちょっと急ぎの用があって、姉さんたちの力を借りたいんだ」

俺が真剣な表情でそう言うと、姉さんも真面目《まじめ》な顔つきになる。

「……いいだろう。話してみろ」

「ありがとう。ウィクトル司祭から聞いたんだけど――」

俺は事件のことや、子供たちを守るための策について、姉さんたちにも話す。

話が進むごとに、姉さんたちの表情や雰囲気が険《けわ》しくなっていった。

姉さんたちも最近はリムリットさんの孤児院に通っているらしいから、子供たちが狙われていることに思うところがあるのだろう。

そうして一通り説明し終え、協力してもらえるか聞くと、全員が「協力を惜《お》しまない」と言ってくれた。

そうと決まれば話は早い。早速話し合いが始まった。

とはいえ、侵入検知の魔術陣は昨日の夜に調整《ちょうせい》し終わったから、あとはそれを設置《せっち》する場所を決めて、防犯の魔道具に付与する多層構造の魔術を組むだけではあるのだが。

……いや、多層構造の魔術を組むのは大変だから、長丁場《ながちょうば》になりそうだな。


……なんて心配は杞憂《きゆう》に終わった。

ものの一時間程度で話し合いと多層構造の魔術の開発が終わったのだ。

流石は魔術大学の教授と実力派パーティといったところか。

「……あとは実際にダモナ教会の孤児院で使ってもらいつつ、効果のほどを見て調整するしかないな」

姉さんは完成した侵入検知の魔術陣と防犯の魔道具を見ながら、そう言った。

リナさんが続けて口を開く。

「防犯の魔道具の説明には、私、モイラ、ユリアの三人で当たるわ。侵入検知の魔術陣に関しては、レイア、セイン、レスリーさん、カイル君の四人でお願いね」

その言葉に、モイラさんが笑顔で胸を張る。

「子供たちへの説明は任せろ！」

「そうね、その配役が適任だと思うわ。子供たち、特にモイラに懐《なつ》いているものね」

そんなユリアさんの言葉に、姉さんは納得いかない様子でポツリと零《こぼ》す。

「……なぜだか分からないが、私は子供たちに恐れられているからな」

すると兄さんが苦笑いを浮かべる。

「まぁ、子供たちの気持ちも分かるがな」

俺にもなんとなくわかる。姉さん、物言いがぶっきらぼうだからなぁ。

本人に悪気はないのだが、子供に怖がられるタイプではある。

「なんだと!?　お前は私がなぜ恐れられているのかわかるのか!?」

しかし姉さんは自覚がないようで、兄さんに詰め寄りつつそう問いかけた。

だが兄さんが何か言う前に、セインさんが落ち込んだように口を開く。

「意識されているだけまし。私は子供たちに避《さ》けられている気がする」

「それはセインが無口で無表情なのが原因よ。話しかけにくいのね」

リナさんにバッサリと切られたセインさんは、ぎこちなく笑みを浮かべる。

「……どう？」

ユリアさんがフフフと笑う。

「まだまだ笑顔が硬《かた》いわよ、セイン」

結局、そのあとはセインさんと姉さんがどうすれば子供に好かれるかを考える会議になった。


昼頃に、俺らは全員で孤児院へ。

今回もリムリットさんに事前に通信魔術で連絡をして、用件を伝えておいた。

一度リムリットさんの執務室に顔を出して、そこからは事前の打ち合わせ通りに、二グループに分かれる。

子供たちに防犯の魔道具の使い方を教えるグループと、シスターたちや騎士たちに侵入検知の魔術陣について説明するグループ。

そのうち前者のグループであるリナさん、モイラさん、ユリアさんがリビングへ行くのを見つつ、俺らは玄関へと向かう。

まず俺たち四人は、侵入検知の魔術陣を実際に起動させた。

すると、騎士の一人が質問してくる。

「……魔術陣は肉眼で視認《しにん》出来ますよね。それだと犯人が避けてしまうのでは？」

「今はまだなんの仕掛けも施していないですから。……これで、よし」

俺はそう言って、魔術陣を壁に設置して、もう一つ術式を重ねがけした。

「な……これは一体どうなっているのですか？　魔術陣が消えましたよ⁉」

騎士はそう言って、目を見開いた。

よし、仕掛けはちゃんと作動しているようだな。

俺が満足していると、シスターが聞いてくる。

「どういった仕組みなのですか？」

「この魔術陣は、魔力を登録した者しか視認出来ないようになっているんです。魔力登録式の応用ですね」

昨日の夜に開発した、特定の人物にしか視認出来ない魔術。

犯人に気付かれないような工夫が必要だと思い、大急ぎで作ったのだが、ちゃんと起動してよかった。

「「「「「「……なるほど」」」」」」

シスターたちと騎士たちは、絞《しぼ》り出すように呟いた。

心の底から驚いているみたいだ。

とはいえ、使ってもらわないと話が進まない。

シスターたちや騎士たちに言って、魔術陣を設置した壁《かべ》に手をついて魔力を流してもらう。

これで魔力が登録出来るのだ。

ちなみに魔力の登録は一箇所でいい。

孤児院と教会に設置する侵入検知の魔術陣は全て連動しており、一度魔力を登録すれば、設置した全ての魔術陣を視認出来るようになるからな。

五分ほどかけて、全員の魔力登録が完了した。

みんな今度は魔術陣が見えるようになったことを、不思議がっている。

それから俺らのグループは、侵入検知の魔術陣を玄関や窓などに設置することにした。


十分ほどで作業が一段落したので、もう片方のグループを見に行く。

防犯の魔道具の説明は上手くいっているだろうか。

リビングのドアを開ける。すると、モイラさんの前に子供たちやスライムアニマルが大人しく座っているのが目に入る。

どうやらみんな、真剣にモイラさんの説明を聞いているようで、とてもいい雰囲気だ。

だけど、防犯の魔道具はなるべく簡単《かんたん》に使えるようにしたものの、子供が扱うにはやや複雑《ふくざつ》だ。

俺が作った防犯の魔道具は円柱形で、ポケットに入るくらいの大きさをしている。

しかしその小ささに反して、様々な機能がある。

例えば、悪意に対して自動で結界を展開する他にも、防犯ブザーのように大きな音を鳴らしたり、通信魔術で連絡出来たり……他にもライトとしても使えるし、居場所を送信することだって出来るのだ。

しかし機能が多いということは、覚える操作が多いってことでもあるんだよな。

そんなことを考えているうちに、モイラさんの説明が終わったようだ。

折角《せっかく》なので、子供たちを集めて魔道具が扱えるか確認することにした。

すると、年長の子供たちはもちろん、幼い子供たちもしっかりと使い方を覚えているではないか。

子供の順応《じゅんのう》力は想像以上に高いらしい。

俺らが頭を撫《な》でると、子供たちは自慢《じまん》げに胸を張る。

その微笑ましい光景を見たみんなは笑みを浮かべたのだった。


三日後。

今のところ、孤児院で誘拐事件は一度も起こっていない。

何回か不審者《ふしんしゃ》が侵入《しんにゅう》してくることはあったようだが、警報に驚いて逃《に》げていったらしい。

あれから他の孤児院にも防犯の魔道具を配ったり、侵入検知の魔術陣を設置したりした甲斐《かい》があったというものだ。

これでひとまずは安心だな。

ただそれ以外に一つ、気になることがある。

それは、兄さんが屋敷でものすごく忙しそうにしているということだ。

俺がメリオスに来てから、兄さんは大学に籠《こも》りきりで、たまにしか屋敷に帰っていなかった。

そのため、兄さんがずっと屋敷にいることが新鮮《しんせん》に感じる。

だがそれ以上に、あまりに大変そうだから心配にもなってしまった。

俺は兄さんのためにコーヒーを淹《い》れ、彼の執務室の前へ。

ノックしたあとに扉《とびら》を開けると、机の上に沢山の紙が置かれているのが目に入った。

兄さんはそれに向き合って作業をしている。

「お疲れ、兄さん。仕事の調子はどう?」

俺はそう言って、コーヒーの入ったマグカップを兄さんに渡す。

「ありがとうカイル。仕事の方は……正直言って、順調ではないな。やはり貴族が絡《から》む問題は面倒《めんどう》だな」

兄さんはコーヒーを一口飲み、溜息《ためいき》をつくと、今の状況を説明してくれた。

彼は今、近々ウルカーシュ帝国の首都——帝都で行われる、魔術競技大会《まじゅつきょうぎたいかい》についての仕事をこなしているらしい。

魔術競技大会とは各都市の魔術大学から代表生徒が集まり、腕を競う大会のこと。

その大会に出場するメリオス校の代表が、未だに確定していないらしい。

それによって兄さんの仕事が増えているんだとか。

兄さん曰《いわ》く、メリオスで生まれ、メリオスで魔術を学んできた教授たちが推《お》しているのが、新興貴族の子息や令嬢たち。

対して、兄さんのような外部から雇《やと》われた先生たちが推しているのが、出自にかかわらず実力を持った生徒たち。

両者の主張が真っ向から対立していて、中々厄介らしい。

俺は兄さんの話を聞き、少し考えてから尋ねる。

「……なるほど、でも貴族の子たちも選出されるに足る実力は持っているんだよね？」

「ああ。それについては否定しない。実力については、な」

「……つまり、他に問題があるの？」

兄さんは「その通りだ」と言って頷き、続けた。

「乱暴《らんぼう》に言えば、人間性に問題があるんだよ。彼らは甘やかされて育ったからか、かなり傲慢《ごうまん》だ。そのせいで他の貴族家出身の生徒たちからの評判もよくない。いくら実力があったって、学校を代表する生徒たちがそんな様子ではまずいと私たちは考えているんだ」

俺は兄さんの言葉に首を傾げる。

「同じ貴族の生徒にも嫌われているってこと？」

「彼らの家は武勲《ぶくん》や商才によって成り上がったんだ。その血を引いていて、実際魔術の才能はあるから、己の力に自信がある。そしてそれを理由に平民だけでなく、他の貴族に対しても見下したような態度《たいど》をとる」

「新興貴族ってみんなそんな感じなの？」

「いや、そうじゃない。むしろほとんどは真面目《まじめ》でいい家さ」

兄さんはそう言って、溜息をつく。

「だが、一握りの愚《おろ》か者が厄介なんだ。奴らはメリオス出身の教授を買収《ばいしゅう》した。そのせいで事態《じたい》がこじれている」

「……そこまでして魔術競技大会に出たいんだ」

俺からすれば、ただの学校の行事にそこまで入れ込む理由がわからない。

そう思っているのが伝わったのだろう。兄さんが笑う。

「マイペースなお前はそう思うだろうが、貴族には貴族の事情があるんだよ。この大会は自分の家や子供に箔《はく》を付けさせる絶好の機会だからな」

「……事情は分かったけど、共感は出来ないな」

俺の言葉を聞いた兄さんは肩をすくめる。

「とはいえこういう問題は今に始まった話じゃない。長年大学に勤めている長命種《ちょうめいしゅ》の先生方にしてみれば恒例《こうれい》行事らしい。私は魔術競技大会に関わったのが初めてだから、戸惑《とまど》っているがね」

そう言って、兄さんは自分が聞いた話を俺にも教えてくれる。

曰く、帝国では一定の周期で新興貴族が現れ、自らの地位を上げようと躍起《やっき》になるらしい。

その目的は権力と名誉《めいよ》を得ること。

世襲《せしゅう》によって爵位《しゃくい》を引き継いできた位の高い貴族家に与えられる、重要な魔道具の運用や、領地の管理といった使命、そしてそれに付随《ふずい》する権力や名誉。

それらを得るべく、画策《かくさく》しているんだとか。

……なるほど、つい最近まで一般市民に過ぎなかったのに、国家有数の権力者になれるかもしれないとなれば、多少過激《かげき》なことをするのも不思議ではないかもな。

もし俺が貴族の子で、そういったドロドロに巻き込まれたらと思うと、ぞっとするが。

これ以上権力争いについての話をしたくなかったので、俺は話題を戻す。

「……それで？　代表には結局どっちが選ばれそうなの？」

「私たちが推している生徒たちが選ばれそうではあるが、まだ分からん。相手側が推している生徒たちも、魔力量だけを考えれば優秀《ゆうしゅう》だからな」

やけに一部分を強調する兄さん。

その意図を察した俺は尋ねる。

「もしかしてその新興貴族の子たちって、魔力制御が苦手なの？」

「ああ。彼らの基本的な戦い方は、豊富な魔力量に物を言わせるような、考えなしのゴリ押しだ」

確かに魔力量の多さは大きな武器の一つではある。

だが、それに胡坐《あぐら》をかいて魔力制御の鍛錬《たんれん》を怠《おこた》ると、そこそこまでしか強くなれない。

魔力を無駄なくコントロールしないと、起動出来ない魔術も多いからな。

俺がそんなことを考えていると、兄さんは言う。

「彼らはつい最近も、術式に過剰《かじょう》に魔力を込めたせいで、魔術を暴発させそうになっていたらしい。どうやら高難度の魔術を無理に起動させようとしたみたいだな」

それを聞いて、俺はその子たちの性格をなんとなく理解した。

術式に過剰に魔力を込めてしまうのは、珍しいミスではない。

だが、魔力制御が拙《つたな》いにもかかわらず、難易度の高い魔術を起動させようとしたところに、その生徒たちの自信過剰さを見たのだ。

俺は兄さんに尋ねる。

「生徒は無事だったの？」

「授業を受け持っていた先生と、魔力の乱れを感知した別の先生が、暴発する前に術式を打ち消した。その後、この件は流石に問題であると、学長が生徒たちを叱責《しっせき》したらしい。そして、この一件によって、中立の立場にいる先生や生徒も彼らを代表にしない方がいいんじゃないかって言い出したんだ」

兄さんはなんとも複雑そうな表情でそう口にした。

その後も暫《しばら》く兄さんの愚痴《ぐち》は続く。

そしておよそ二十分後、兄さんは苦笑いを浮かべながら「そろそろ仕事に戻る」と言って、机に向かった。

俺は心の中で激励《げきれい》しながら、空になったマグカップを持って部屋を出るのだった。

第二話　辺境改革

兄さんとの会話を終えてから、俺は冒険者ギルドでメリオス行政府が管理する下水道の清掃《せいそう》などといった、雑用《ざつよう》に近い依頼を受注し、こなした。

このような依頼はなりたての冒険者でもやりたがらないものだが、俺は積極的に受注している。

人々の生活に直結する仕事は、大事だからな。

依頼を達成した俺は、報告のために再度ギルドへ。

すると、とある男五人組の冒険者パーティとはち合わせた。

彼らは、初めて冒険者ギルドを訪れた際に絡んできた連中である。

俺が姉さんを始めとした《月華の剣》の人たちと親しくしているのが気に入らないようだ。

それ以外にも、俺を良く思わない者はいるが、彼らほど露骨《ろこつ》に態度に出すことはない。

とはいえ、もちろん冒険者全員が俺を敵視《てきし》している訳ではない。

姉さんたちと仲のいい冒険者たちは、俺のことを好意的に見てくれているのだ。

加えてギルドの職員たちも、誰もやりたがらない依頼を積極的にこなす俺に、よく感謝の言葉を述《の》べてくれる。

冒険者の中にも色々な人々がいるということなのだろう。

彼らは俺に憎々《にくにく》し気な視線を送ってくるが、気にせず受付に向かう。

俺がギルドの受付嬢――豹人族《ひょうじんぞく》のリンさんに依頼達成の報告をすると、例の五人組冒険者パーティのリーダーが馬鹿《ばか》にするような口調で言う。

「おいおい！　またチマチマ狡《ずる》いことして点数稼《かせ》ぎしてる奴がいるぜ！」

パーティメンバーたちも大きな声で煽《あお》ってくる。

「ハハハ、ホントですね！」

「ショボい依頼を受けて、それでランクを上げようなんてな！」

「レイアたちのパーティに、偶然《ぐうぜん》声をかけてもらったくせによ！」

「こんな奴より、リーダーの方がもっと力になれるぜ！」

仲間たちのヨイショを受けて、リーダーは声のボリュームを上げる。

「当然だ！　まったくなんでレイアはこんな奴を気に掛《か》けるのかねぇ！」

こいつら、今日はいつにも増して荒れているな。いつもなら、黙って睨《にら》みつけてくるだけなのに。

不思議に思い周囲を見回して……合点《がてん》した。

ギルド内にいるのは、低ランク冒険者か、この馬鹿たちと同格の中ランク冒険者のみ。

俺に好意的な高ランクの冒険者がいないので、強気に出ているということか。

周りの冒険者たち、そして依頼の処理をしてくれているリンさんを始めとした、冒険者ギルドの職員たちは顔を顰《しか》めている。

しかし俺が完全に無視を決め込んでいるので、静観してくれているような状態だ。

この手の連中は、相手にしないのが一番だからな。

五人組冒険者パーティはやがて飽《あ》きたようで、舌打ちをして去っていった。

そしてそれと同時に、依頼の処理も完了する。

「では、これで依頼は完了です。お疲れ様でした。このような依頼が再びありましたら、またお願い出来ますか？」

リンさんは先程の一件で俺が気分を害していないか心配なようで、窺《うかが》うようにそう聞いてきた。

俺は頷く。

「時間があれば、また受けさせていただきますよ」

リンさんは安堵《あんど》の息を吐く。

「ありがとうございます……カイルさんが依頼を受けてくださって、我々は非常に助かっているんです。今後ともよろしくお願いしますね」

「いえいえ、困った時はお互い様ですから」

リンさんにそう言い、依頼達成の報酬金《ほうしゅうきん》を受け取って冒険者ギルドから出る。

そういえば、最近のあいつら五人組はいつも以上に荒れていると、冒険者ギルドで魔物の解体を担《にな》っているジョニーさんから聞いたな。

難易度の高いダンジョンを探索しているらしいが、行き詰まっているのが理由らしい。

そのため実力があって、しかも美人揃《ぞろ》いの《月華の剣》に一緒に探索しようとしつこく声をかけたが、結果は惨敗《ざんぱい》。

まぁ、姉さんたちがあいつらと組むメリットは一つもないしな。

それにしてもあの五人とはち合わせるなんて……依頼を達成していい気分だったのに台無しだ。

俺は内心で文句を言いながら、屋敷へと帰るのだった。


それからも俺は依頼をこなす日々を送り続けた。

その甲斐あって、老若男女《ろうにゃくなんにょ》問わず随分《ずいぶん》と知り合いが増えた。

もっとも、最初の内はあの五人組冒険者パーティと同じように、姉さんたちに気がある男連中や、姉さんたちに憧れている女性陣に絡まれることも多かったんだけどな。

ただ、俺に下心はなく、姉さんたちとは仲間だと説明し続けた結果、彼らとも打ち解けることが出来た。

しかし誤解が解けたことにホッとしたのも束《つか》の間《ま》、今度は男連中は姉さんたちに会わせてくれと言ってきたから困ったものだ。

『ものすごい掌《てのひら》返しだ……』と思いつつ、『時間に余裕があったら』とはぐらかした。

会わせる気はないが、実際姉さんたちは忙しい身だから、嘘《うそ》は言っていないしな。


メリオスに帰ってきてから一ヶ月が過ぎた。

今日も依頼をこなし、時刻は夕方。

俺は憩いの広場にやってきている。

屋台で料理を買って、食べながら依頼達成の報告をしにギルドに向かうのが最近の楽しみの一つなのだ。

俺が屋台を物色《ぶっしょく》していると、依頼をこなす中で知り合った、ベテラン大工のシゲさんと出会う。

彼とは今日も一緒に仕事をしたのだが、まさかここでも会うとは。

後ろにはシゲさんのお弟子さんたちもいた。

シゲさんは言う。

「おぉ、カイル！　今日は助かったぞ。お前が手伝ってくれたお陰で作業があっという間に終わっちまった。本当に感謝しかないぜ」

「いえいえ。木材を加工して指定されたところに配置するとか、魔術で地面を簡単に調査《ちょうさ》するとか……俺がやったのなんて、大したことじゃありませんよ」

俺の言葉を聞いたシゲさんは、大きく笑った。

「簡単だろうが何だろうが、カイルみたいな腕のいい魔術師が、俺たちに手を貸してくれるだけでありがてぇよ。そもそも魔術師が土木系の依頼を受けてくれるなんて、あんまりねぇことだからな」

「そうなんですか？」

「先代の親方と一緒に仕事をしていた頃は、手伝ってもらうことも結構《けっこう》あったんだけどよ。今の魔術師はプライドが高くて、魔術は崇高《すうこう》なものだって考えてんだ。工事なんか手伝ってらんないんだとよ」

　そう言うと、シゲさんは近くの屋台で串焼きを二つ買い、「今日の礼だ」と言って一つを俺にくれた。

　俺は「ありがとうございます」と口にして、それを受け取る。

「でも、シゲさんたちも魔術は使えますよね？」

　俺は、串焼きを食べながらそう尋ねた。

　シゲさんは、分厚い肉を咀嚼《そしゃく》し、呑み込んでから頷く。

「ああ、簡単な生活魔術くらいならな。だが、それ以外の魔術は使えねぇ。だから、地道に手作業で進めるか、魔道具を使うしかねぇわけだ」

「……なるほど……その辺も少し考える必要があるかもな」

　俺がそんな風に小さく呟くと、シゲさんは不思議そうに首を傾げた。

「……？　まぁ、とにかく助かった。また困ったらお願いするからよ！」

「分かりました。シゲさんたちが困っていることは、ギルドにお伝えしておきますので」

　俺がそう言うと、シゲさんはニカッと笑って、俺の肩をポンポンと叩く。

「ありがとよ。……よーしオメエら！　しっかりと飯食って、残りを仕上げるぞ！」

シゲさんが振り返ると、お弟子さんたちは元気よく返事する。

「「「「「「おう！」」」」」」

そしてシゲさんたちを見送った俺は、冒険者ギルドへ向かった。

冒険者ギルドにたどり着いた俺は、依頼達成の印が付いた依頼書をリンさんに渡し、報酬金を受け取る。

冒険者がギルドに集まるのは基本的に朝方だ。条件のいい依頼をいち早く確保するためである。

故に、お昼から夕方は冒険者ギルドは比較的人の少ない時間帯になる。

騒がしいのが好きでない俺は、この時間にギルドを訪れることが多い。

この時間なら、例の五人組もいないしな。

俺は雑談がてらシゲさんたちの状況をリンさんに報告する。

するとリンさんは、「ジョニーさんやギルドマスターに伝えておく」と言ってくれた。

それから少しばかり世間話をしてから、冒険者ギルドを後にする。

さて、ギルドに話は通せたが、これだけではシゲさんたちの問題を解決するには不十分だろう。

街の工事といった公共事業を管理しているのは、フォルセさんたちだ。

彼らとも話す必要があるはず。

俺は頭の中で今後の予定を立てながら、兄さんの屋敷へ帰った。


シゲさんに話を聞いてから数日後、俺は領主の館《やかた》の前にいた。

工事を効率化させるため、フォルセさんにアイデアを提案するのが目的だ。

フォルセさんからは以前、領主の関係者であることを示す、証明書代わりの小さい魔道具をもらっていた。

それを門を守る騎士に見せると、すぐさま取り次ぎに行ってくれる。

そして暫くすると、その騎士と共に、老執事《しつじ》——トリトンさんがやってきた。

彼とは何度か会ったことがあるが、そのたびに感心させられる。

トリトンさんは老いを示す白髪《はくはつ》や皺《しわ》すらも魅力《みりょく》に思えるほど、理想的な年のとり方をしている。

故郷の長《おさ》や長老衆のような荘厳《そうごん》な雰囲気を感じるほどだ。

そしてトリトンさんは、フォルセさんを長年支えてきた敏腕《びんわん》秘書《ひしょ》でもある。

そんな彼のあとに続いて、フォルセさんの執務室に向かう。

執務室の前に到着し、トリトンさんがドアをノックすると、室内からフォルセさんの声が聞こえる。

「誰だ?」

「トリトンです。カイル殿がいらっしゃいました」

「カイル君が？　……いや、ちょうどいいか。入ってもらえ」

トリトンさんが扉を開け、俺に入室を促《うなが》す。

何がちょうどいいのか分からないが、まぁいいだろう。

俺は扉を開けてくれたことに礼を言い、執務室に入る。

トリトンさんは執務室に入ることなく、ドアを閉めた。

周囲を見回すと、執務室にはフォルセさん以外にも多くの人がいる。

……なんでこんなに錚々《そうそう》たるメンバーが揃《そろ》っているんだ？

まず、フォルセさんの息子さんで、メリオス領の軍に所属しているウィルさん。

次に姉さんをはじめとする最強の女性冒険者パーティ《月華の剣》のみんな。

そして今日も忙しく大学で働いているはずの兄さんとその同僚の先生方。

加えて見たことのない人も数人いた。

彼らの服装から察するに、ウィルさんと同じ領軍所属の軍人や、フォルセさんを補佐する行政府に勤める役人とかか？

一体どういう状況なのかも分かっていない俺に、フォルセさんが言う。

「カイル君は、とりあえずレイア君の近くにいてくれ」

「……分かりました」

俺は言われた通り、姉さんたちのところに移動する。

状況は分からないが、みんなが真剣な表情をしているあたり、何かしら重要なことを話し合っていたのだろう。

少なくとも、今ここで俺の用件を切り出せる雰囲気ではないな。

ただし、入室を許してくれたということは、俺にも無関係な話ではないのかもしれない。

フォルセさんは咳払《せきばら》いしてから、口を開く。

「ウィル、改めてになるが、私は魔術競技大会の代表生徒たちと共に帝都に向かおうと思う。同行することで彼らが代表に選ばれたことを証明する必要があるからな。その間、メリオスを空《あ》けることになるが……懸念事項はあるか？」

……へぇ、兄さんが前に言っていた魔術競技大会の代表、決まったんだな。それにフォルセさんも同行するのか。

俺がそんなことを思っていると、ウィルさんが真剣な声で答える。

「メリオスの防衛に関しては、問題ないかと。寧《むし》ろ心配なのはフォルセ様や生徒の安全ですね。今年の代表は粒ぞろいだと聞いていますから」

「……我々が狙われる可能性があると？」

顔を顰めてそう言ったフォルセさんに、ウィルさんは冷静に返す。

「帝都校の連中から直接狙われることは流石にないでしょう。しかし油断は禁物です。暗殺者が差し向けられる可能性は十分にありますから」

ウィルさんに続いて、立派な白い顎髭《あごひげ》をたくわえ、大きな魔術杖《まじゅつつえ》を持つ老人が言う。

兄さんと一緒に働いている魔術大学の先生かな？

「私も同意見ですな。レスリー先生のお陰で我が校の生徒たちは、ここ数十年優秀な成績を残しています。しかしその結果、帝都校の者に良くも悪くも注目されてしまいました。つい先日も『レスリー先生を帝都校によこせ』と圧をかけられたほどです。奴らは自分の利益のためなら手段を選ばん連中。優勝するために闇討《やみう》ちをさせることは十分あり得るでしょう」

……なんとなく話が見えてきたが、随分と物騒《ぶっそう》な話をしているな。

兄さんが以前、魔術競技大会は、一部の者にとって大きな意味のあるものだと言っていた。

でもまさか、裏の人間に頼ってもおかしくないほどだとは……

「……なるほど、ちなみにレスリー君は向こうの誘いになんと答えたのかな？」

フォルセさんはそう言って兄さんを見た。

兄さんは顔色一つ変えず首を横に振り、「断りました」と言う。

兄さんも姉さんも、自然が豊かで穏《おだ》やかな、メリオスのことを気に入っているからな。

フォルセさんはホッとしたように、「それは何よりだ」と笑いながら口にした。

そんなタイミングで、メリオス行政府の役人と思《おぼ》しき、中年の男性が口を開く。

「そこで事前にお話ししていた通り、《月華の剣》の皆さんには、フォルセ様と生徒たちの護衛をお願いしたいと思っています。皆さんならば、帝都の高ランク冒険者にも引けを取らないでしょう」

その言葉に、老魔術師も頷く。

「魔術師の私も、彼女たちは超一級の腕前を持っていると、自信を持って断言いたします」

「我々領軍としても、彼女たちなら安心して任せられる。お前らもそうだろう？」

ウィルさんもそう言って、傍《そば》にいる領軍所属であろう男性と女性の方を見た。

「はい。私も隊長と同意見です。彼女たちほどの強者《つわもの》は、帝都にもそういないかと」

「昔、彼女たちにボコボコにされたんでしたっけ？」

そう口にした女性の方を、男性が「余計なことを言うな」と言って睨む。

しかし、男性の傍に座っていた初老の方——服に光る徽章《きしょう》を見るに、恐らく行政府の役人だろう——が笑う。

「懐かしいですな。人が空を飛んでいくところなんて初めて見ましたよ」

初老の役人に釣《つ》られるように、胸に彼と同じ徽章を着けた老婦人が噴《ふ》き出す。

「あれは私もビックリしたわ～。《月華の剣》を侮《あなど》った彼に実力を示してくれたのよね」

彼らはそう言って笑うが、姉さんたちは少し恥《は》ずかしそうに俯《うつむ》いている。

……若気《わかげ》の至《いた》りということだろうか。

「というわけで、我々も、《月華の剣》に護衛依頼を出すことに賛同いたします」

初老の役人がそう言うと、今度はフォルセさんが口を開く。

「……レイア君、頼めるかい？」

姉さんたちの表情が、引き締まった。

そして姉さんは躊躇《ちゅうちょ》することなく頷く。

こういう時の姉さんは堂々《どうどう》としていて恰好いい。

いつも無茶ぶりをしてきたり、食い意地が張っていたりするが、こういうところを見ると『ちゃんとリーダーなんだなー』って思ってしまう。

そんな風に考えていると、フォルセさんが「カイル君も頼んだよ」と言ってくる。

……えっ、どういうこと？　俺も《月華の剣》の一員だと思われている？

だが、とても断れる空気ではない。

姉さんやリナさんたち、そして兄さんも俺が護衛依頼を受けるのは当然といった様子だからだ。

こうして俺は詳しい事情も知らないまま、帝都に行くことになったのだった。

それから少し打ち合わせをして、そのまま解散になるのかと思った時、フォルセさんが尋ねてくる。

「そういえばカイル君は私に用事があったのだったな。聞かせてくれ」

「先程までの話とは、まるで関係ない話ですよ。いいんですか？」

周りの人の手前、そう聞くが、フォルセさんは気安く頷く。

「構わないよ。わざわざ私のところまで来たのだ。メリオスにとって重要な話なのだろう。ならこの場にいる者にとっても無関係ではないだろう」

その言葉を聞いた俺は、頭の中で伝えるべきことを整理すると、口を開く。

「最近、冒険者ギルドでとある依頼を受けました。受けた依頼は、メリオス領主の名で発行されている公共事業に関するものです」

フォルセさんはすぐに理解したようで、「あの依頼か」と呟いた。

俺は続ける。

「その事業を請《う》け負《お》っていた現場責任者のシゲさんから聞いたのですが、最近は魔術師たちが依頼を選《え》り好《ごの》みしているため、助力を受けることが出来ないのだそうです。公共事業の依頼は溜《た》まる一方なのだとか」

フォルセさんの眼光が鋭《するど》くなったかと思うと、執務机の上に置いてある通信魔術の魔道具を手に取り、起動させる。

「トリトン、私のところまで来てくれ」

フォルセさんがそう言ってものの三十秒ほどで、トリトンさんが執務室に入ってきた。

俺は再度、トリトンさんにもこの話を伝えた。

トリトンさんは心当たりがあったようで、「その話ですか」と口にする。

「冒険者ギルドからも、魔術師が受ける依頼内容に偏《かたよ》りが見られると報告が上がっております。裏どりが出来てから報告を上げようかと考えておりましたため、お伝え出来ておらず、申し訳ございません」

フォルセさんは頷いてから、俺に言う。

「カイル君、わざわざ私の元へ出向いたということは、良い案があるのかね？」

「魔術に馴染《なじ》みのない者でも起動出来るように、術式や魔術陣を改良した工事用の魔道具を作れば、そもそも魔術師に頼らなくとも良くなるのではないかな、と」

みんなが興味深そうな表情を浮かべる。

『魔道具』という部分に役人が、『魔術の改良』という部分に姉さんたちや兄さん、魔術師たちが食い付いた。

姉さんが俺に質問してくる。

「カイル、魔術の改良はもう始まっているのか？」

「とりあえず、これくらい進んだかな」

俺は姉さんたちやフォルセさんたちの前に、魔術陣をいくつも展開して見せる。

これらはまだ改良中ではあるものの、作業をいかに効率化出来るかという点だけでなく、使いやすさと安全性にもかなりこだわっている。

姉さんは俺の展開した魔術陣をじっくりと観察してから、口を開く。

「……これは対象に影響を与えることなく、安全に地質《ちしつ》や埋設物《まいせつぶつ》の調査が出来る魔術か。しかも魔術に馴染みのない者でも使用出来るようになっている。精度がどれほどのものかは作業を通して確かめる必要があるが、良い術式だ」

リナさん、ユリアさんも目を輝かせて言う。

「これらは、木材や石材などの加工に特化した魔術ね」

「この魔術は周囲の環境に対応して、もしもの時に自動的に結界を発生させられるのね。これを組み込んだ魔道具を側に置いておけば、職人たちや周囲に住んでいる人々の安全を確保出来ると思う。結界の強度ならすぐに検証《けんしょう》出来るから、最初に調整するのはこの魔術かな」

懸念点こそ挙げられているものの、姉さんたちの合格ラインに届く魔術だったようで安心した。

完成度が低かったら、姉さんたちは褒めてくれないだろうし。

そんな風に胸を撫で下ろしていると、老魔術師も俺の展開した魔術陣を見て、積極的に質問してくる。

彼にとって俺は若造に見えるだろうに、そんなことは気にしていないようだ。

やはりここにいる人たちは、メリオスのことを本気で考えているのだろう。

そんなことを思いつつ、老魔術師の疑問に答えていると、今度は行政府の役人である老婦人が穏やかに微笑みながら質問してくる。

「カイル殿、私は魔術に関しては素人《しろうと》同然なのですが、これらの魔術は公共事業以外では使えないのですか？」

「転用出来る業種《ぎょうしゅ》は多くあると思います」

俺の言葉に、彼女は満足げに頷く。

「工事現場以外でも、危険な作業に取り組む人は多くいますからね。彼らの負担を軽くしたいと思いまして」

すると、今度は中年の役人が質問してくる。

「もしかして、他にも公表していない魔道具や魔術の構想《こうそう》はお持ちですか？」

「そうですね……例えば――」

俺は魔道具や魔術の構想をいくつか話す。

とはいえ、全ては明かさない。便利すぎる魔道具は人の成長を阻害《そがい》しかねないからな。

魔道具に頼り切りの生活をしていると、いざそれが使えなくなった時に、何も出来なくなってしまう。

今回の一件は状況が状況なので仕方ないが、魔道具の普及は慎重に行わなければならないだろう。

どうやら役人たちも、『便利すぎることの危うさ』は理解しているようだが。

結局俺たちが議論を終える頃には、日が落ちていた。


翌日の昼、俺は兄さんと姉さんを屋敷の居間に呼び出した。

護衛任務について話を聞くためだ。

昨日の話の中で一つ、どうしても気になる点があったのだ。

「あのさ、なんで俺まで護衛任務に参加することになったの？　フォルセさんに言われた時、ビックリしたよ」

すると、姉さんがこともなげに答える。

「実は少し前に、フォルセにこの件に関して軽く相談されたんだ。その時、カイルも協力するだろうと言っておいた」

「そんな話聞いてない――」

俺が言い終える前に、姉さんが顔を思い切り近づけてくる。

「お前は私の弟だろう？　姉が忙しい時に手伝うのは、弟の役目だ。それにお前は、見聞を広めろってことで里から出されたのだろう？　ならば、今回の件はもってこいだな。帝都がどんなところなのか自分の目で見て感じるのも、いい経験だろう」

そう言って、姉さんは勝ち誇るように笑った。

確かに俺が旅に出た目的に照らして考えれば、姉さんの言っていることは正論だ。

そして正直な話、少し帝都に興味はある。

魔術と魔道具の分野で最先端の知識や技術を有すると言われている、ウルカーシュ帝国の首都。

そこには俺の知らない何かが沢山あるだろう。

それらを見聞きすることが、新しい魔術や魔道具のアイデアを思い付く呼び水になるかもしれない。

俺は息を吐いてから、言う。

「……分かった。護衛依頼を手伝うよ」

すると、姉さんだけでなく兄さんも満足そうに頷いた。

俺は兄さんに尋ねる。

「今回の帝都行きには、兄さんも同行するの？」

「そうだ。私たちが推していた生徒たちが代表に決まったから、それならば引率しろと先生方に言われてな」

そういえば、魔術競技大会の代表についても聞こうと思っていたんだ。

「なるほど、でも代表の選抜って揉めてたんだよね？　結局どうやって決めたの？」

「簡単なことだ。私たちが推していた生徒たちと、例の先生たちが推していた生徒たちを、大会と同じ形式で戦わせたんだ。そこでこっちが勝ったというわけだな」

「魔術競技大会って、どういう形式で競うの？」

「五対五の集団戦で、円形の闘技場《とうぎじょう》で戦うんだ。相手校の生徒全員を戦闘不能にしたら勝ちとなる。魔術だけでなく、近接戦闘もありだから、戦い方は各魔術大学によって千差万別だ」

ほぅ……かなり本格的なんだな。

「でも、相手の生徒たちや、彼らを推していた先生たちはその結果によく納得したね？」

以前聞いた話では、どんなことをしてでも出場権を得ようとしている印象を受けたけど……

勝負が決まったからといって、あっさり引き下がるとは思えない。

「私たちも難癖《なんくせ》付けてくると思っていたから。策を講じたのさ」

そう言って、兄さんはニヤリと笑い、続ける。

「まず学長にお願いして、模擬戦《もぎせん》を大々的に宣伝してもらう。そして、魔術大学の生徒たちや先生方を集め、全員の前で模擬戦を行ったんだ。こうすれば優劣が誰の目にも明らかになるだろう。更に、模擬戦の審判《しんぱん》をフォルセ様にやってもらったんだ。領主の判定には、いかに貴族と言えども文句を言えないからな」

「……それって、模擬戦の判定を忖度《そんたく》してもらったってこと？」

兄さんはフォルセさんと仲がいいから、判定を兄さんたちに有利にしてもらうことだって出来るだろう。

だが、それはいくらなんでも卑怯《ひきょう》すぎる。

しかし、兄さんは俺の疑問をハッキリとした口調で否定した。

「フォルセ様には、あくまで公平に判定してもらったさ。そもそもフォルセ様は親しい友人が相手でも、公私を分けて対応する方だからな。公共の場で贔屓《ひいき》なんてする訳がない」

確かに言われてみれば、フォルセさんは不正を行うタイプではないな。

俺は「ごめんごめん、それもそうだね」と謝りつつ、質問を続ける。

「それで公平な試合の結果、兄さんたちの推していた生徒たちが正式に代表に決まったんだね？」

「そうだ。まぁそれとなく不平不満を口にする生徒や先生方もいたがな。でも、フォルセ様が一つ一つに反論して黙らせてくれたよ。忙しい身なのにここまで動いてくれたフォルセ様には、感謝しかないな」

兄さんはそう言って笑ったが、俺は心配になる。

「そいつらが何かしてくる可能性はないの？　それこそ昨日帝都校がそうするかもって言われていたように、裏の人間を雇うとか」

「それはないだろう。生徒たちが悪巧《わるだく》みをする前に先生方が止めるだろうし、彼らの親の貴族たちも、領主であるフォルセ様とは敵対したくないはずだ」

領主であるフォルセさんや、周囲の者たちに刺客《しかく》を送ったとバレてしまえば、メリオスで生き辛くなるのは間違いない。

野心ある新興貴族であっても、そこまで馬鹿ではないということか。

ならば俺たちが警戒するべきは、帝都校の奴らだけか。

俺は再び気になったことを尋ねる。

「それは一安心だ。ところで、俺たちはいつメリオスを発《た》つの？」

その質問に答えたのは姉さんだった。

「三日後に出発する予定だ。念入りに魔術競技大会の準備《じゅんび》をするため、開催の数日前には到着するスケジュールになっている」

三日後か……結構早いな。

「みんなはもう準備は出来てるの？」

俺の質問に、兄さんが答える。

「私は既に準備を済ませている。フォルセ様も数ヶ月前から準備をなさっていたようで、馬車などの手配も終わっているらしい」

今度は姉さんが自慢げに口を開く。

「私たちもフォルセから依頼があるかもしれないと聞いていたから、準備は完了しているぞ。もちろん食料に関しても、十二分な量を確保済みだから安心しろ」

「……いや……まあ、それは助かるけど」

やっぱり料理係は俺なのか。《月華の剣》の人たち、食欲がすごいから作るのが大変なんだよな。

というかそこまで話が進んでいるなら、事前に俺にも一言伝えて欲しかったんだが……

俺が不満そうな顔をしていたからか、姉さんが誤魔化《ごまか》すように言う。

「お前は孤児院の視察に、ギルドの依頼、更には子供たちを守るための魔術や魔道具の開発と、かなりバタバタしていただろう？　それらが落ち着いてから話そうと思っていたんだ」

確かに姉さんの言う通り、忙しなく動いてはいた。

だが、こんな急に依頼される方が困るだろ、普通に考えて。

俺はジト目を向けることで抗議《こうぎ》の意思を伝えるが、姉さんはスルーして話を続ける。

「それから、孤児院の子や工事の関係者には、フォルセからお前がメリオスを離れることを伝える手筈《てはず》になっている。そっちも心配しないでいいぞ」

「……まぁ、事情は分かったよ。それで、この三日間でやっておくべきこととかあるの？」

俺はなんとか気分を切り替えてそう聞く。

巻き込まれたような形でも、依頼を受けた以上は真剣にやらなければならないからな。

「そうだな……出立までに、護衛依頼における立ち回り方や心得を頭に入れてもらいたい。護衛はいつも以上に気を張る必要がある。大変だぞ」

姉さんはそう言って鞄から資料を取り出し、渡してきた。

俺は資料を眺める。

そこには護衛の配置や必要な道具などが細かく記載されていた。

「これは護衛依頼に関して纏めた資料だ。早速説明するぞ！」

それから姉さんは資料について、細かく説明してくれた。

フォルセさんや兄さんの教え子たちをしっかりと護り切らねば。

俺は気を引き締めて、情報を頭に叩き込むのだった。

第三話　帝都アルバ

メリオスに住む友人たちに見送られながら、出発して一週間。

俺たちは帝都を守護する堅牢《けんろう》な城壁《じょうへき》の前に到着した。

目の前には長蛇《ちょうだ》の列が二つ延びている。

みんな、身元確認をしてもらうために並んでいるのだ。

帝都以外の場所から来た場合、どれだけ爵位が高い貴族だろうが関係なく、身元確認をしなければならないらしい。

流石帝国の首都、防犯意識はかなり高いな。

俺は感心しながら、《月華の剣》のメンバーと魔術競技大会に出場する五人の生徒——オリバー、ジャック、ソフィア、シャーロット、アリスを乗せた大きめの馬車を操り、帝都へ入る列に並ぶ。

彼らとは旅の最中何度か話をしたが、みんな真面目でいい子たちだった。

そして後ろには兄さんが操る、フォルセさんとトリトンさんが乗る小さめの馬車が続く。

俺は改めて列を見渡す。

片方の列には、商人やその護衛の冒険者などの一般の人々が多く並んでいる。

そして、俺たちが並んでいるもう片方の列には、豪華《ごうか》な外観の馬車やプレートアーマーを着込んだ騎士たちが並んでいる。

帝都には本当に色々な人が出入りするんだな。

そんな風に考えていると、フォルセさんたちがここまでの旅路《たびじ》を振り返り始める。

馬車内で発せられる声は、通信魔術でもう一方にも聞こえるようになっているのだ。

『やはり皆さんに依頼してよかったです。ここまで何回も襲《おそ》われるとは』

トリトンさんが少し呆れたように言った。

ここに到着する前、何度か怪しげな集団を撃退《げきたい》した。

そいつらの身元を聞き出そうとしたのだが、彼らは決して口を割らなかった。

暗殺者は決して依頼主のことを話さないというから、奴らもそういった集団だったのだろう。

『まあ、連中の実力は大したことなかったがな』

そう言ったフォルセさんを、トリトンさんが窘《たしな》める。

『これで終わりとは限りません。油断は禁物ですよ』

『分かっている。気を緩めるつもりはないさ』

『ならば、いいのですが。先代様もフォルセ様も、少々抜けたところがございますから』

『トリトンは手厳しいな。……ところでレスリー君、まだ仕掛けてくると思うか？』

『恐らく。帝都内に入れば表立った動きは減るかもしれません。しかし我が校の生徒が勝ち進めば、帝都内に潜む奴らが動くのではないかと』

兄さんの答えに、フォルセさんもトリトンさんもふむふむと頷く。

帝都校は、まだウルカーシュ帝国がごく僅かな領土しか持っていない時代から存在する、帝国最古の名門校だ。

だからこそ、魔術大学の頂点から転落することを恐れているのだろう。

ちなみに、旅の最中に聞いたのだが、兄さんも姉さんも、帝都に住んでいた時期があったらしい。

しかし騒がしい雰囲気が性に合わなかったようで、早々に辺境の地メリオスに拠点《きょてん》を移したとのこと。

とはいえ、帝都の全てが気に入らなかったわけではないそうだ。

帝都で暮らしている時に出来た長命種の友人との交流はまだ続いているようだし、今回俺らが滞在用に借りた宿も、兄さんの友人が経営していて、タダで貸してくれたんだとか。

そんなことをぼんやり考えていると、後ろに乗るリナさんが優しい口調で言う。

「カイル君、ここまでお疲れ様。もう少しだけ御者、お願いね」

その気遣いに心が温かくなる。

「このくらいなら大丈夫ですよ……ヘクトル爺《じい》の修業と比べたら、長時間御者をやるくらい楽勝です」

そんな言葉に、リナさんの隣にいた姉さんが苦々しい顔をした。

「その話はするな、カイル。あのジジィのニヤケ面を思い出すと腹が立つ。はぁ……まだルイス姉さんとの鍛錬の方が何百倍もマシだった」

ヘクトル爺とルイス姉さんはエルフの里にいた時、武術や魔術を教えてくれた達人たちだ。姉さんの師匠《ししょう》でもある。

特にヘクトル爺はふざけた態度とは裏腹《うらはら》に、修業の最中はとても厳しい人だった。

二人とも恩ある相手ではあるのだが……かなりスパルタなんだよな。

「……そうだね。ルイス姉さんも厳しかったけど、ヘクトル爺よりは遥《はる》かにマシだった。あの時の苦しさに比べたら、今回の旅はバカンスみたいなものだよね」

俺と姉さんの会話を聞いていたリナさんは、引きつった笑みを浮かべる。

「そ、そう。それならいいけれど。……ちなみに二人とも、ヘクトルさんにどんな鍛錬をさせられたの？」

「例えば――」

そうして姉さんが鍛錬の内容を語ると、馬車にいた全員がドン引きしてしまった。

俺は俺で、辛かったことを思い出して気分が落ち込みそうになるが、ルイス姉さんの優しい笑顔を必死に思い出してこらえる。

リナさんたちがそんな俺を不憫《ふびん》に思ったのか、話を違う方向に持っていってくれたから助かりはしたけど。

その後も列の待ち時間を潰すため、雑談は続く。

トリトンさんとフォルセさんも、学生時代の友人との思い出や、若かりし頃の冒険について、それぞれ語ってくれた。その中で驚いたのは、若い頃のトリトンさんが組んでいたパーティのメンバーに、フォルセさんのお父さんである先代のメリオス領主がいたことだろう。

しかもそのパーティのランクは、最高位のSに次ぐAだったというのだから、本当にびっくりだ。

この大陸内において、現役のSランク冒険者パーティは片手で数えるほどしかいない。

Aランクだってかなり珍しい。

そう考えると、トリトンさんと先代メリオス領主のすごさが分かる。

『――ちなみに先代領主様の奥方は、我らと同じパーティの魔術師でしたよ。珍しく先代様自らスカウトされた方でしたな。私は当時魔術師にあまりいい思い出がなかったもので、最初の頃はよく言い争ったものです』

トリトンさんの言葉に対して、フォルセさんはからかうように言う。

『母はよく「昔のトリトンはこんなに紳士じゃなかった、トリトンが結婚出来たのは私の説教と教育のお陰よ！」と言っていたよ』

『確かに当時の私は男として半端《はんぱ》でした。それを厳しく躾《しつ》けてくださったのは奥様ですから、嘘とは言えませんよ』

そして、トリトンさんとフォルセさんは楽しそうに笑い合った。

二人の話を聞きつつ、俺は結婚というものに思いをはせる。

……いつか、俺にも愛する人が出来るんだろうか。

この世界で長く生きてきたが、未だに色恋を経験したことも、結婚に関して具体的に考えたこともない。

というのも、小さい頃からヘクトル爺やルイス姉さん、精霊様方と鍛錬ばかりしていたから、他のことを考える余裕がなかったのだ。

だが、エルフとしての俺の人生はまだまだ続いていく。

いずれは愛する人と結婚し、子供が生まれる——なんてこともあり得るのかもしれない。

ふと、姉さんはどうなんだろう？　いい相手とかいるのかなと思った。……思ってしまった。

「カイル、なぜ私を見る？『姉さんは結婚しないのか』とでも言いたげだな」

「ひっ！　そ、そんなことはないよ！」

瞳のハイライトを消した姉さんが、ジト目をこちらに向けてきた。

更には、リナさんやあのモイラさんまで同じように目から光をなくして、能面のように無表情になっているではないか。

俺は恐ろしさのあまり、ガタガタと震え、視線を全力で逸《そ》らしてだんまりを決め込む。

どうやら姉さんたちは、結婚に対して思うところがあるようだ。

確かに、《月華の剣》のメンバーの浮いた話など聞いたことがない。

……意外なところに地雷があったな。

そんな風に考えていると、後ろの馬車からフォルセさんとトリトンさんが顔を出して、優し気な視線を送ってくれているのに気付いた。

だが、その視線に気付いた姉さんたちは今度、フォルセさんたちを睨む。

すると二人はすぐさま馬車の中に隠れてしまった。

……領主とその右腕を凍《こお》りつかせるって、やっぱり姉さんは恐ろしいな……

しみじみとそう思いながら、俺は列が進むのを待ち続けるのだった。

一時間ほど経ち、ついに列の最前に来た。

俺は身分確認のために近づいてきた、衛兵《えいへい》の一人を観察する。

……流石帝国の中心地である、帝都の門を守る衛兵たちだ。

纏う魔力の質が高く、動きも洗練《せんれん》されている。

そんな衛兵が近づいてきて、身分証の提示を求めてくる。

俺らは身分証代わりのギルドカードと、冒険者ギルドから発行された護衛の依頼書を提示する。

衛兵はその二つを見比べて、眉をピクッと動かした。

恐らく受けている依頼に対して、俺のランクが異常に低いことが気になったのだろう。

俺が衛兵だったとしても、領主を護衛している冒険者の中に一人だけ低ランクの者がいたら、疑わしく思うからな。

だが、衛兵はギルドカードに不審な点や偽装された様子がないのを確認すると、何も言わず返してくれた。

まぁ、不正をしているわけでもないから、止める道理もないっていう判断か。

衛兵はニヤリと笑い、芝居《しばい》がかった口調で言う。

「ようこそ、帝都アルバへ。ここから先は、大陸最高の国の首都。心行くまで楽しんでいけよ」

きっとこれは余所《よそ》から訪れた者に向けた、いつもの口上なのだろうが、ワクワクするな。

俺は「楽しむよ」と笑って返し、馬車を進ませる。

帝都に入った俺たちは、まずはお世話になる宿へ向かうことに。

とはいえ移動の最中にも襲撃を受けるかもしれない。

警戒《けいかい》しながら兄さんの案内に従い、大通りを進んでいく。

街なみはメリオスと比べてとても綺麗だ。

十分ほど移動すると、目的の宿にたどり着いた。

俺たちが泊まる宿は周囲にある建物より数段大きく、装飾《そうしょく》も豪華で、まさに高級宿といった趣《おもむき》である。

更に、大通りへのアクセスも抜群なのも良い。

学生たちは驚きつつも興奮しているようだ。

二台の馬車を宿の近くにある馬車置き場に止め、みんなで宿に向かう。

入口の近くまで来ると、宿の扉が開く。

現れたのは、老いながらもたくましい体つきで覇気《はき》のある瞳をした、獅子人族《ししひとぞく》の男性。

兄さんはその男性を見て、穏やかな笑みを浮かべる。

この人が、兄さんの長年の友人なのかな。

そう思っていると、二人は軽くハグした。

そして抱擁《ほうよう》を解くと、獅子人族の男性が口を開く。

「レスリー、元気そうで何よりだ」

「そっちこそ、まだまだ元気なようで安心したよ、レオーネ」

獅子人族の男性――レオーネさんは大きな笑い声を上げる。

「儂《わし》がそう簡単にくたばるものか」

レオーネさんの言葉に、兄さんは「それもそうだな」と微笑む。

兄さんがこんなに気安い感じで話すなんて、本当に仲がいいのだろう。

しかし、兄さんの友人が獣人とは予想外だったな。

すると、宿のドアの奥から、多くの獣人が現れる。

宿の従業員《じゅうぎょういん》だろうか。

レオーネさんは獣人たちと一緒にこちらに体を向ける。

そして彼らは横に並び、一斉に頭を下げた。

レオーネさんが口を開く。

「フォルセ様、ようこそお越しくださいました。帝都に滞在している間の皆様のお世話は、我が『獅子の鬣亭《たてがみ》』にお任せください」

「かの有名な『黄金の獅子』殿の宿に泊まれるとは光栄だ。短い間だがよろしく頼むよ」

レオーネさんを指すであろう『黄金の獅子』という言葉に、学生たちは「やっぱりあの人がそうなんだ……」と感嘆の声を上げる。

どうやらレオーネさんは有名人らしい。

とはいえ俺も内心で『何そのカッコいい二つ名』と、テンションが上がっているわけだが。

「確かに儂は冒険者時代、先代陛下から大層な二つ名をいただきました。ですが、もう引退して長い身です。今の儂はただの老いた獅子人族ですよ」

レオーネさんはそう言って笑い、後ろの従業員たちに指示を出す。

「さあお前たち、お客様の荷物を運び入れなさい」

レオーネさんの指示に従い、宿の従業員であろう獣人たちが機敏《きびん》に動き出した。


宿に入って俺たちがまず行ったことは、護衛の準備だ。

トリトンさんや従業員のリーダーである熊人《くまひと》族の男性と相談しながら、フォルセさんや生徒たちを防衛しやすいよう、部屋を割り振り、周囲に侵入検知の魔術陣と結界魔術を施した。

ちなみにこの宿の客室は、二十畳《じょう》ほどの大きさだ。

中には綺麗にメイキングされている木製のベッド、いくらでも服をかけられそうな大きなクローゼット、手触りが驚くほど滑《なめ》らかな木製の机などが配置されている。

冒険者としていくつもの宿を見てきたであろう姉さんたちも、このレベルの宿は数えるほどしかなかったと驚いていたな。

部屋の割り振りを一時間ほどかけて行ったあと、俺と《月華の剣》のメンバーは、共用のリビングに行く。

するとそこでは兄さんとレオーネさんが話していた。

折角なので、話に交ぜてもらうことに。

俺らが合流した直後、兄さんが申し訳なさそうに謝る。

「レオーネ、宿を貸し切りにしてもらってすまないな。稼ぎ時だろうに」

「獅子人族は義や信を重んじる種族だぞ。古き友の願いを叶えることくらいお安いご用だ。それに商会の方でも稼げているから、金には困っておらん。今は息子たちが頑張ってくれているしな」

そう言って、レオーネさんは豪快に笑う。

レオーネさん、宿以外に商会の経営も行っているのか……すごいな。

しかし兄さんはまだ気にしているようで——

「金だけの問題じゃない。今回は護衛任務だ。厄介事もついてくる。それにお前の息子さんたちは帝都校の卒業生だろう。帝都校と敵対している俺たちを泊めて、本当に大丈夫なのか？」

「当然だ。確かにあいつらはみんな帝都校の卒業生だが、魔術競技大会に勝つために不正をするなんて良くないと思っている。フォルセ様やお前の教え子たちの事情は、家族や従業員全員が知った上で納得しているから安心しろ」

レオーネさんはそう言って、兄さんの肩を叩く。

兄さんは微笑む。

「助かるよ。こちらとしても、この宿の名に傷を付けないようにするつもりだ」

レオーネさんは、豪快に言う。

「それはありがたい」

すると兄さんが思い出したように言う。

「あぁそうだ。そういえば紹介がまだだったな。こっちが妹のレイアで、彼女たちが冒険者パーティ《月華の剣》のメンバー。そして弟のカイルだ」

紹介を受けた俺たちは、それぞれ頭を下げる。

レオーネさんは目を細めて、俺たち一人ひとりをじっと見てきた。

俺も改めてレオーネさんを観察する。

……レオーネさんは自身のことを『ただの老いた獅子人族』などと言っていたが、それは絶対に嘘だ。

綺麗で乱れのない魔力を纏っているし、魔力量も並み外れている。

更にその体は細身ながらも引き締まっており、一流の戦士と呼ぶに相応《ふさわ》しい肉体をしていた。

戦いから遠ざかっていてこれってことは、全盛期のレオーネさんはどれだけの化け物だったのだろう。

想像しただけで恐ろしい。

レオーネさんは俺たち全員を見終えたあとで、口を開く。

「……ふむ、全員いい目をしているな」

レオーネさんの言葉に、兄さんは満足げに頷く。

「私の家族と、その仲間だからな。当然だろう」

「それは違いない」と言って笑うレオーネさん。

そして一転、声を低める。

「それにしても、暗殺者を差し向けられかねないとは、随分と面倒な事態だな。最近はただでさえ子供の誘拐事件も多発しているというのに」

「やはり、帝都でも誘拐事件は問題になっているんだな」

兄さんの言葉を聞き、レオーネさんの表情が険しくなる。

「あぁ。帝都でも月に数件から数十件ほど事件が発生している。その全員の行方が分かっていない。これほど時間が経っているということは、恐らく子供たちはもう……」

そこで言葉を切り、レオーネさんは拳を自らの膝《ひざ》に振り下ろす。

「犯人め……許せぬ！」

レオーネさんの全身から、殺気が溢《あふ》れた。

兄さんが宥《なだ》める。

「気持ちは分かるが、今は抑えろ。それよりこの事件について、何か知っていることはないか？」

「そう、だな……儂が知っていることとなると、皇帝陛下の動きくらいだな」

なんでも、レオーネさんと陛下は知り合いなのだとか。

曰く、皇帝陛下はこの事件に対して、領地ごとに対応に差があるのを危惧《きぐ》しているとのこと。

そのため事件の解決に積極的でない地域を中心に、隠密《おんみつ》部隊を派遣《はけん》して、情報収集をしているらしい。

ちなみにメリオスにも少数ではあるが、隠密部隊が派遣されているとのこと。

そして陛下の話を終えたあと、レオーネさんは顎《あご》を擦《さす》りながら言う。

「陛下から聞いたが、メリオスでは興味深いことをやってるらしいな。自律型ゴーレムに防犯の魔道具、それから侵入を検知する魔術陣だったか？　これらは誰が考えたのだ？」

……まさかここまで細かく知っているとは、隠密部隊というのは相当優秀なのだな。

兄さんも「流石の情報収集力だな」と呟き、続ける。

「メリオスの対策は、知り合いの子供たちのためにと、カイルが考えてくれた。私たちも実際に確認したが、余程の手練《てだ》れでなければあれを突破するのは難しいだろう」

「お前がそこまで言うとは驚きだ」

「弟は優秀なんだよ」

兄さんがそう言って笑うと、レオーネさんは改めて俺を見てきた。

全てを見透かすような迫力ある視線だが、嫌な感じはしない。

そう思っていると、レオーネさんはニヤリと笑った。

「全く動じないとは。気に入ったぞ、カイル」

「ははは、そうだろうな。お前は絶対にカイルを好きになると思ったよ」

兄さんは嬉しそうに笑った。

よく分からないが、俺は気に入ってもらえたようだ。

レオーネさんは俺を見ながら言う。

「儂らも負けてられんな。何か子供を守る策を考えなければ」

その言葉を聞いた兄さんは、レオーネさんの肩に手を置いた。

「何かあったら相談してくれ。いつでも力になる」

「ありがとうレスリー。さて、物騒な話は終わりだ。ここからは楽しい話でもするか」

レオーネさんはそう言ってニカリと笑った。

そこから夕食の時間まで、レオーネさんは兄さんとの出会いや共に戦った時の思い出など、色々な話を聞かせてくれた。


夕食の時間になった。

宿に泊まる全員がすでに宿内にある広い食堂に集合している。

キッチンからはいい匂いが漂《ただよ》っていて、《月華の剣》の面々はもちろんのこと、フォルセさんや学生たちもソワソワしていた。

やがてウェイターが料理を運んできて、机の上に次々と料理を並べていく。

メインは厚切り肉のステーキ。

スパイスの香りと肉の焼ける匂いが混ざり合って、食欲が刺激されるな。

そして、焼きたての白パンと瑞々《みずみず》しい野菜のサラダが添えられている。

どうやら栄養のバランスもしっかりと考えられているようだ。

しかし《月華の剣》の面々と学生たちはメインの肉料理に釘《くぎ》付けで、他の物には目もくれない。

口から涎《よだれ》が垂れるのではと思うほどだ。

レオーネさんが、嬉しそうに笑みを浮かべる。

「ハハハ、我慢出来ないようだな」

フォルセさんとトリトンさんも、食いしん坊な学生たちを見て微笑んでいる。

大人たちは、お腹を空かせた子供が可愛くて仕方がないのだろう。

俺もそれなりに年齢を重ねているから、気持ちは分かる。

そんなことを思っていると、料理に加え、ナイフや食器も揃う。

レオーネさんが「それでは召し上がれ」と口にする。

姉さんたちやオリバーたちの喉《のど》がゴクリと鳴った。

次の瞬間、全員が一斉に目の前のステーキにがっつく。

学生たちは顔を綻ばせた。

姉さんたち《月華の剣》も、肉を頬張り、満足げな笑みを浮かべている。

その様子を眺めていたトリトンさんとフォルセさんも、優雅《ゆうが》な所作で料理を食べ始める。

彼らもステーキを口に運ぶと、目を見開く。

「うむ、美味ですな。いい腕をお持ちです」

「あぁ、実に美味しい」

兄さんもステーキに舌鼓《したつづみ》を打っている。

「やはり、ここのご飯は相変わらず美味しいな」

みんなの反応に、俺の期待はどんどん膨《ふく》らんでいく。

そして高鳴る鼓動《こどう》を抑えながらステーキを切り分け、口の中に放る。

瞬間、肉のうま味が広がる。

上品な脂《あぶら》とコクのあるソースが混ざり合い、絶妙のハーモニーを奏でている。

当然、臭みはまったくない。香草や胡椒《こしょう》がアクセントになっていて、飽きが来ないのも良い。

「——美味しい」

俺は思わずそう呟いた。

みんなの評価も納得の、まさに絶品のステーキである。

俺たちの反応を見て、レオーネさんは嬉しそうに笑う。

「他の料理も食べてみてくれ。どれも肉に負けないくらい美味いぞ」

レオーネさんの言葉を聞いて、学生たちはサラダを、姉さんたちは白パンを食べ始めた。

そして学生の一人であるオリバーと、姉さんが声を上げる。

「すごい！　野菜が瑞々しくて、味をしっかり感じるよ！」

「このパン、表面はカリッとしているのに、中はもちもちだ！　ステーキとの相性もいい！」

それからも、みんな感想を語り合いながら、すごい勢いで食べ進めている。

俺も白パンとサラダを口に運んだ。

思わず頬が緩む。

白パンは絶妙《ぜつみょう》の焼き加減で、噛めば噛むほど小麦の風味を感じる。硬さも丁度《ちょうど》良くて、生地《きじ》作りから焼き上げまで、一流の職人がこだわって作ったと分かる美味しさだった。

サラダは素材の良さはもちろん、ドレッシングが絶品だ。爽やかなのに深みがあり、野菜の美味しさを何段階も引き上げている。

ぜひともレシピを聞きたい。

夢中で食事をする俺たちを見て、レオーネさんは笑いながら言う。

「お代わりもあるから、一杯食べてくれ」

すると姉さんが、すぐにステーキとパンのお代わりを注文する。

それに《月華の剣》のみんなやオリバーたち学生組も続く。

その後も俺らは夢中で食事を続けた。

途中からテーブルマナーを忘れてしまう人もいたが、レオーネさんもフォルセさんも、楽しそうに笑っていた。

食事を終えた後、俺たち男性陣は、大浴場《だいよくじょう》に向かった。

獅子の鬣亭は料理もさることながら、天然温泉も素晴らしいと兄さんが教えてくれた。

俺たちは脱衣所で着ていた服を全て脱ぎ、扉を開ける。

大浴場はかなり大きかった。

湯船は十種類近くあり、しかもそのどれもが十人同時に入っても余裕のある大きさなのだ。

床や外壁は磨《みが》き抜かれた大理石《だいりせき》で出来ており、清潔感と美しさが共存している。

体を洗う場所にはシャワーにそっくりな、水を放出する魔道具が設置されていた。

更に手拭いや木桶《きおけ》、体を洗うための石鹸も完備されていて、至れり尽くせりである。

久しぶりの大きなお風呂、しかも最高級の天然温泉を前に、オリバーとジャックは目を輝かせた。

長旅の最中は、浄化魔法を使って体の汚れを落とすか、たまに湯を沸《わ》かして体や髪を洗うことしか出来なかったからな。

長旅に慣れている冒険者ならともかく、学生たちにはかなりのストレスだっただろう。

この場で身も心もすっきりしてほしいものだ。

体を洗いに行ったオリバーたちに続いて、俺たちも移動する。

その最中、フォルセさんとトリトンさんは周囲を見回して言う。

「獅子の鬣亭の温泉は有名だが、実際に入ると感動もひとしおだな」

「おっしゃる通りですね」

そんな場所に来られたことを有難《ありがた》く思いつつ、俺も体を洗う。

思わず息が漏れる。

風呂はやっぱり最高だ。

前世が日本人であるからか、俺はエルフになっても風呂好きなのだ。

ましてこんなに設備の整ったところに来て、テンションが上がらないわけがない。

俺は隣で体を洗っている兄さんに声をかける。

「一週間ぶりのお風呂、最高だね」

「ああ。魔術で体を綺麗には保っていたが、のんびりと体を温めることは出来なかったからな」

それからも兄さんと雑談しながら体を洗っていると、浴槽に入るオリバーとジャックの姿が目に入った。

どうやら彼らはすでに体を洗い終えたようだ。

二人は湯船に浸かりながら、フォルセさんとトリトンさんの体をチラチラと見ている。

まぁその反応も当然か。

フォルセさんとトリトンさんの体は、実年齢からすれば考えられないほど引き締まっている。

現役の冒険者だと言われても納得するだろう。

元冒険者であるトリトンさんは納得だが、フォルセさんも領主なのに鍛えているんだな。

特にトリトンさんの体の所々に残る古い傷跡は、彼が歴戦の戦士であることを証明している。

武に関わる若い学生にとって、あの肉体は憧れなのだろう。

だが、オリバーとジャックだって貧相な体をしているわけでは決してない。

「あの子たち、相当鍛えているみたいだね」

俺の言葉に、兄さんが答える。

「オリバーたちは魔術大学に入学する前から、独自の身体トレーニングに励《はげ》んでいたらしい。そして入学後も私たちが課した肉体強化の鍛錬を欠かさず行っている」

「なるほど。一般的な魔術師とは考え方が違うんだね。立派だ」

現代の魔術師の多くは、魔術で全てを解決しようとする。

だが、いつでも魔術が使えるわけではないし、魔術では解決出来ない場面もある。

そのような時でも体を鍛えておけば、乗り切れるかもしれない。

オリバーたちもきっと、そう思っているのだろう。

「……実際のところ、彼らは魔術競技大会で勝てそうなの？」

小声で尋ねると、兄さんは誇らしそうに答える。

「間違いなく優勝出来るだけの力は持っている。なんたって、私の厳しい鍛錬を乗り越えてきた子たちだからな」

オリバーたちは本当に信頼されているんだな。

体を洗い終えた俺と兄さんは温泉に入った。

すでにフォルセさんとトリトンさんも湯船に浸かっていた。

ゆっくりと腰を降ろし全身を湯に沈めると、体が溶けていってしまうんじゃないかとすら思う。

……あぁ、たまらん。

シャワーを浴びている時も心地良かったが、温かい湯に浸かるのは格別だ。

横を見ると、みんな緩んだ顔をしている。

その時、フォルセさんが悪戯《いたずら》っぽい笑みを浮かべながら口を開いた。

「オリバー君とジャック君は、好きな人はいるのかい？」

「えっ？　あ、あの……」

「えっと……」

二人は、緊張《きんちょう》してしどろもどろになった。

その様子を見たトリトンさんがフォルセさんを窘める。

「そのようなことをお聞きになるのはいかがなものかと。フォルセ様も昔、先代様に同じことを聞かれて顔を真っ赤になさっていたではありませんか」

「おいおい、その話はしないでくれよ」

困ったように頭を掻《か》くフォルセさん。

その様子を見て、先程まで緊張していたオリバーとジャックは安心したように笑った。

その後もフォルセさんは、オリバーとジャックに積極的に話しかけ続ける。

話題は学校のことや、魔術のこと、果てはプライベートなことまで様々だ。

最初こそ緊張していたオリバーたちだったが、すぐにフォルセさんと打ち解け、楽しそうに笑っている。

裸の付き合いって言葉もあるが、確かに効果があるようだ、なんて思いながら俺は極上の湯を堪《たん》能《のう》し続けるのだった。


のぼせそうになったので、先に温泉を出た俺は一人、縁側に座って外の景色を眺めることにする。

獅子の鬣亭は基本的に洋風の宿だが、和の要素も盛り込まれている。

この縁側もその一つだ。

何十世紀もの時間をかけて多くの者が転生して来ているから、その影響だろう。

綺麗に手入れされている中庭と、神秘的な輝きを放つ月がなんとも美しい。

ちなみに、俺の手の中には異空間から取り出した、瓶入りの自家製フルーツ牛乳がある。

俺は様々な物を、異空間に収納しているのだ。

フルーツ牛乳の爽やかな甘さを味わっていると、温泉から上がった《月華の剣》のメンバーが現れた。

姉さんたちはフルーツ牛乳を見るなり、まるで獲物を狙う獣のように目を輝かせる。

「カイル」

姉さんの一言には途轍《とてつ》もない圧力があった。

リナさんたちもこちらをジッと見つめている。

さっさとその飲み物を飲ませろということか。

俺は嘆息《たんそく》して、異空間から人数分のフルーツ牛乳を取り出した。

姉さんたちは瓶の蓋《ふた》を開け、腰に手を当ててフルーツ牛乳を飲み始める。

「「「「……ぷはーっ！」」」」

一気にフルーツ牛乳を飲み干した姉さんたちは満面の笑みを浮かべ、気持ちよさそうに声を上げた。

満足してくれてよかった。

一安心していると、空き瓶が五つ差し出される。

「「「「お代わり」」」」

姉さんたちは笑みを浮かべたまま、当然のように次を要求してきた。

俺は呆れつつ釘を差す。

「次で終わりだからね。あんまり飲むとお腹を壊しちゃうから」

「「「「……」」」」

「嫌ならお代わりはなしだよ。返事は？」

「「「「……了解」」」」

姉さんたちは不満そうにしながらも、渋々《しぶしぶ》といった様子で頷いた。

俺は空の瓶を受け取って異空間に仕舞い、もう一度フルーツ牛乳を五本取り出す。

そして、姉さんたちに渡した。

姉さんたちは、先程とは違い、ちびちびと飲み出した。

なんだか小動物みたいだな。

俺は思わず微笑む。

穏やかな気分になった俺は、外を見る。

俺はつい最近まで里に引きこもっていたから、都会の夜空を見るのはこれが初めてだ。

……うん、当たり前かもしれないけど、帝都もメリオスも、月の美しさは変わらないな。

月は漆黒《しっこく》の夜空の中で光り輝き、優しい光で地上を照らしている。

すると、いつの間にか隣に座っていた姉さんが、俺と同じように夜空を見上げながら言う。

「ふふ、こっちでも月は案外綺麗に見えるだろう？」

「そうだね」

「私もレスリーも早々にメリオスに拠点を移したが、帝都の夜空は今でも気に入っているんだ」

帝都に住んでいた頃を思い出しているのか、姉さんは懐かしむように微笑んでいる。

「姉さんも帝都に友人がいるんだよね？」

俺がそう尋ねると、姉さんは頷く。

「ああ、いるぞ。私だけじゃなく、リナたちの友人でもあるがな。そいつらも長命種だから、まだ元気にしているだろう。どこかで会ったらお前にも紹介してやる」

姉さんはそう言って、俺の頭を撫でる。

「その人たち絶対食いしん坊だし、お酒も大好きでしょ？」

「ああ、あいつらにも、カイルの料理を食べさせてやりたいものだ」

そう言うと、姉さんはニヤリと笑った。

……そんなこったろうと思ったよ。

「もしその人たちと会うことになったら、ちゃんと食材とか準備してよ？」

「任せておけ。その代わり、いつも通り美味しく作ってくれよ」

そんな姉さんの言葉に対し、《月華の剣》の人たちも口を揃えて「よろしく〜」と言ってくる。

俺は「はいはい」と返事し、フルーツ牛乳を飲み干した。

第四話　迫る暗影

宿に来て三日目の朝。

俺たちは食堂で朝食を摂っている。

昨晩、フォルセさんやオリバーたちの護衛は、《月華の剣》に俺と兄さんを加えた七人で、交代しながら行っていた。

加えて、獣人の従業員の方々が協力してくれるのもあって、今の段階では問題は起きていない。

ちなみに獅子の鬣亭の従業員は全員、レオーネさんの教えを受けた戦士でもあった。

獣人族は気配を探るのも消すのも非常に上手いので、要人警護に慣れていない俺に、色々とアドバイスをしてくれた。

「昨夜は何か異常あったかい？」

フォルセさんが真剣な表情でそう聞いてきた。

俺たちを代表して姉さんが答える。

「いや、何も問題はなかった」

「そうか、それは良かったよ」

「だが、油断は出来ない。旅の最中に襲撃を受けたのだし。もし誰かがそういった刺客を送り込んでいるのだとしたら、今はまだ様子見しているだけなのかもしれん」

フォルセさんの表情が険しくなる。

「そろそろ何か仕掛けてくると？」

「可能性は十分にある」

しかし、フォルセさんはあっけらかんと言う。

「もしそうだとしても、心配はしていないよ。レイア君たちがいるのだからな。私はどんと構えて、大人しく守られておくよ」

その言葉に、姉さんは笑みを返す。

「ああ、そうしろ。大将が弱気になるのは良くないからな。お前は堂々としていればいい」

すると、フォルセさんが周囲を見回して、「それはそうと」と言う。

「レスリー君と学生たちはどこにいるんだい？　さっきから姿が見えないが」

姉さんが窓を見て言う。

「レスリーたちは、外庭で鍛錬に励んでいるぞ」

「今日もか。彼らは本当にやる気があるね」

フォルセさんの言う通り、学生たちは空いた時間を見つけては、外庭の訓練場で兄さんとトレーニングをしていた。

魔術競技大会までに、出来ることは全てやっておきたいということだろう。

兄さんもかなり熱心で、正直やりすぎなんじゃないかと思うほどだ。

「朝食を食べ終えたら、様子を見に行こうかな。みんなもどうだい？」

フォルセさんの誘いに、俺らは頷いた。


外庭に行くと、兄さんとオリバーたち五人が、模擬戦を行っているのが目に入った。

外庭の周囲には結界が展開されていて、周囲の安全に配慮されているようだな。

俺は戦いを眺めることにした。

オリバーたちは、中、遠距離から様々な属性の魔術で兄さんを攻撃する。

だが、兄さんはそれらを全て華麗に躱《かわ》し、お返しと言わんばかりにオリバーたちよりも強力な魔術を放つ。

オリバーたちはそれをなんとか回避したものの、かなり押されている印象だ。

このまま遠距離での撃ち合いを続けても、オリバーたちに勝ち目はなさそうだ。

彼らもそれは分かっているのだろう、オリバーとジャックが兄さんに向けて駆け出した。

「オリバー！　合わせろ！」

「任せろ！　ジャック！」

ジャックとオリバーはそう叫びながら、左右から挟む形で兄さんに接近していく。

更にオリバーは声を上げる。

「ソフィア！　アリス！　シャーロット！」

「「「分かってる！」」」

オリバーとジャックをサポートするため、ソフィアたちが様々な魔術で兄さんを攻撃する。

しかし、兄さんはその場から動かない。

そして、魔術が兄さんに直撃するというところで、その全ての魔術が幻《まぼろし》であったかのように消えた。

「なっ⁉　無力化された⁉」

ソフィアが驚いたように声を上げる。

そう、兄さんは迫りくる全ての魔術を解析《かいせき》し、無効化する術式を展開したのだ。

魔力の解析と操作が抜群に上手い、兄さんならではの技術である。

「目くらましにもならないなんて――オリバー、ジャック！　ごめん！」

アリスが二人に叫んだ。

だが、ここで止まるほど、オリバーもジャックも柔《やわ》ではないようだ。

「気合入れろ！」

「あぁ！　このくらいで怯《ひる》むほど、生温《なまぬる》く育てられてねぇ！」

二人はそう叫ぶと、オリバーは左拳、ジャックは右拳に魔力を集中させた。

洗練された魔力によって強化されたあの一撃を食らえば、兄さんであっても無傷ではすまない。

オリバーとジャックの走る速度が上がる。

「その意気やよし！」

兄さんは嬉しそうにそう言うと、無属性の魔力で身体強化する。

それを見てオリバーとジャックは飛び上がり、落下のエネルギーを利用しつつ兄さんに殴りかかる。

「――フッ！」

「――ハァッ！」

速度も威力も十分、攻撃のタイミングもまったく同時。

しかし、それだけでは兄さんには届かない。

兄さんはオリバーとジャックの拳をそれぞれ片手で簡単に受け止めた。

そしてそのまま彼らの体を上空に投げ飛ばす。

二人はすぐさま魔力障壁《しょうへき》を展開し、足場を作ろうとするが……

「遅い」

二人が体勢を立て直すより早く、兄さんは空に飛び上がっていた。

そして彼らの腹に、強烈な蹴りを叩き込む。

「ガッ！」

「グッ！」

オリバーとジャックは短く呻《うめ》き声を上げて吹き飛ばされ、地面に叩きつけられる。

兄さんの蹴りの威力は相当だ。

命に別状はないだろうが、暫くは動けないだろう。

兄さんはゆっくりと地面に着地する。

だが、まだ戦闘は終わっていない。

着地したばかりの兄さんに、今度はソフィアたちが放った、巨大な火球と土塊《つちくれ》が襲い掛かった。

しかし、兄さんは余裕の表情だ。

「狙いもいいし威力は十分。だが、速さが足りない。こういう時は威力を犠牲《ぎせい》にしてでも、相手に命中させることを考えた方がいいな」

巨大な火球と土塊は兄さんに命中する直前に、動きを止めた。

「でないと、こうしてすぐさま支配権を奪われて、相手に利用される」

相手の放った魔術に魔力で干渉したのか。

しかし、自分たちの魔術が奪われたというのに、ソフィアたちに動揺はない。

それどころか、ソフィアたちは兄さんが魔術の支配権を奪った瞬間、高密度の魔弾を空中に浮かんだままの火球と土塊に放つ。

「なるほど。支配権を奪われることを前提としていたのか。……見事だな」

兄さんは感心したようにそう呟く。

放たれた魔弾は目にも留まらぬ速さで飛翔し、火球と土塊に着弾した。

その瞬間、大爆発が起こる。

ソフィアたちは上手く戦略がハマったことに、小さく笑った。

なるほど、兄さんが自分たちの魔術の支配権を奪うことまで想定して、その先にもう一つ策を用意しておいたのか。

今まで兄さんを相手に何度も鍛錬してきた五人だからこそ思い付いた攻撃と言える。

しかし、兄さんは更にその上を行く。

土煙の中から、兄さんの声が響く。

「文句のつけようのない、いい攻撃だった。連携《れんけい》も素晴らしく、機転《きてん》も利《き》いている。だが、気を緩めるには早い」

突風が吹き、土煙が消える。

そしてそこには、無傷の兄さんが立っていた。

それを認識した瞬間、ソフィアたちは次の行動に移ろうとする。

「「「！」」」

しかし、彼女たちの体は全く動かない。

その様子を見て、姉さんが感心したように言う。

「レスリーは相変わらず化け物じみた魔力制御の腕を持っているな。あれほど巧みに魔糸《まし》を操れるのは、あいつくらいだろう」

兄さんの両手の指からは、超高密度の魔力をねじり合わせて作った極細の糸――魔糸が無数に伸びている。

肉眼では視認し辛いが、ソフィアたちの体はその魔糸によって縛り付けられているのだ。

卓越《たくえつ》した魔力制御の技術で魔糸を生み出し自在に操るのが、兄さんの本来の戦い方だ。

魔糸は敵を拘束するだけでなく、物体を切断したり、束ねて盾《たて》や鎧《よろい》の代わりに使うことも出来る。

様々な状況に対応することが出来る攻防一体の武具なのだ。

爆発を受けて無傷だったのも、魔糸で全身を覆って防御していたが故だろう。

兄さんは魔力を節約するため、強い相手との戦い以外では魔糸を使わない。

そのため、俺もあれを見るのは久しぶりだ。

俺は言う。

「教職に就《つ》いて腕が鈍《なま》っているかもと思っていたけど、そんなことは全然なかったね」

兄さんの腕は鈍るどころか、更に磨きがかかっている。

「「……降参です」」

ソフィアたちは悔しそうな表情でそう言った。

少しして、オリバーとジャックが起き上がる。

二人は周囲の状況を見て、自分たちが敗北したことを理解したようだ。

結果だけ見れば、オリバーたちは兄さんに傷ひとつ付けられなかった。

しかし、オリバーたちが弱かったわけではない。

むしろ兄さんを相手にここまで戦ったのは、大健闘と言えるだろう。

兄さんは嬉しそうに微笑む。

「全員、心身共に十分仕上がっているな。これならば、魔術競技大会で優勝することも難しくない。

だが、反省するべきところもある。次に活かすんだぞ」

「「「「はい！」」」」

五人は力強く返事をした。


その後、一旦休憩をすることになった。

学生たちは体を休めながら先程の模擬戦の反省会を始める。

兄さんはその姿を満足げに見つつ、こちらに歩いてきた。

「フォルセ様、お疲れ様です。何か用事でも？」

「いや、レスリー君たちが鍛錬していると聞いてね。気になって見学していただけだよ」

それを聞いて、兄さんは真剣な表情でフォルセさんに問いかける。

「生徒たちはどうでしたか？」

「レスリー君相手にあそこまで戦えることに驚いたよ。他校の様子を見てみないと分からないが、優勝も十分あり得ると感じた」

「フォルセ様にそう言っていただけて、安心しました」

そう言って、誇らしげに笑う兄さん。

……教師という職をよっぽど楽しんでいるんだな。

そんな兄さんに教わることが出来るオリバーたちは幸せ者だ。

フォルセさんは聞く。

「今日も夜まで鍛錬をするのかい？」

「いえ、昼食まで鍛錬をして、そのあとは生徒たちに頼まれたので、座学を行う予定です。オリバーたちは、魔術競技大会に出場する選手である前に、日々勉学に励む学生ですから」

兄さんがそう言うと、フォルセさんは苦笑する。

「相変わらず君は真面目だな」

こういう時でも授業を怠らないのも、兄さんの優しさなのだろう。

そう思っていると、今度は兄さんがフォルセさんに尋ねる。

「フォルセ様の今日のご予定は？」

「天気がいいから視察もかねて、帝都を散策《さんさく》するつもりだよ。メリオスでも参考に出来る取り組みを見つけられるかもしれないからね。護衛にはカイル君とリナ君を連れていく予定だから安心してくれ」

「すると、レイアたちはここで待機させる形ですか？」

二人の話を横で聞いていた姉さんが口を開く。

「そうだが……私たちに何か用でもあるのか？」

「レイアたちに時間があるなら、このあとオリバーたちの相手をしてやってほしいと思ってな。私だけと戦うことで変な癖がついてしまっても良くないだろう？　色々な経験を積ませたいんだ。頼まれてくれないか？」

姉さんは頷いてから、メンバーの方を向いた。

彼女たちは頷きを返す。

姉さんが言う。

「分かった。手伝おう」

「助かる」

頭を下げる兄さんを見て、姉さんが笑う。

「今更変な遠慮なんてするな。私たちは家族だろう」

「ははは、それもそうだな。それじゃあ、休憩が終わったら頼む」

「任せろ。……カイル、リナ、そっちは任せたぞ」

姉さんはそう言って俺とリナさんを見る。

その目は真剣そのもの。

気持ちが引き締まる。

「了解」

「何かあったら、すぐに通信魔術で連絡するわ」

俺とリナさんがそう言うと、フォルセさんが口を開く。

「二人とも頼りにしているよ。それじゃあ早速行こうか」

こうして、俺、リナさん、フォルセさん、トリトンさんの四人は帝都の散策に赴くことになった。


俺たち四人は獅子の鬣亭を出て、活気に溢れた大通りを歩いていた。

元々馬車で移動する予定だったのだが、直接町を見て、肌で空気を感じたいというフォルセさんの希望で徒歩で散策することになったのだ。

馬車の方がいざって時に逃げやすいんだが……どうやら、よほど俺たちを信用してくれているらしい。

「フォルセ様、目的地は決めているんですか？」

道を歩きながらリナさんがそう問いかけると、フォルセさんは首を横に振る。

「いや、何も決めていないよ。ただぶらぶらと歩くのが、都市の実情を知るのには一番いいからね」

フォルセさんはその言葉通り、明確な目的もなく大通りを進み、気になる物があれば見て、気になるお店があれば立ち寄るという感じで進んでいく。

なんだか依頼で来ていることを忘れそうになるな。

散策を開始してから二時間ほどが経ち、いったん休憩を挟もうということになった。

そうして俺らが訪れたのは、大通りの中心にある広場。

沢山の屋台が出店しており、どことなくメリオスの憩いの広場と似ているな。

フォルセさんは共用テーブルの椅子に座り、一息吐いてから言う。

「帝都には色んな物が売っていたね。流石だよ」

フォルセさんの言う通り、お店で扱われている品物の質は皆高く、帝国外からの輸入《ゆにゅう》品なども多く見られる。

更に内陸《ないりく》側のメリオスでは流通量が少ない、海産物も多く売られていた。

「ここが帝国の中心なんだと、改めて思い知らされましたよ」

俺がフォルセさんにそう返すと、トリトンさんとリナさんも頷く。

「雑貨屋の品揃えもすごかったですな。中には何に使うかよくわからない物までありました」

「あれらは獣人や亜人など、私たちとは文化の異なる人のための物だと思います。私たちには使い道の分からない道具でも、別の誰かが必要とすることがありますから。人種の多様な帝都ならではの光景ですね」

リナさんの説明に、トリトンさんは「なるほど」と呟く。

フォルセさんも感心するように頷いていた。

だがその表情は次の瞬間、真面目なものに変わる。

「……しかし、気になることもあった。誘拐事件の影響で、町の人は外出を控えているかと思ったが、そこまで大事《おおごと》だと思っていないのか？」

フォルセさんはそう言って、広場を改めて見回す。

確かに今も周囲には幼い子供が多くいて、親から離れて無邪気に遊んでいた。

フォルセさんの疑問に答えたのはトリトンさんだった。

「レオーネ殿に聞いたところ、大通りに面した場所は衛兵が定期的に巡回するため、市民は比較的安全だと思っているようです」

リナさんが口を開く。

「しかし、犯人はあれほど多くの子供を証拠を残さずに攫っているのです。当然認識《にんしき》を阻害《そがい》する魔術などを使っているでしょう。人の目があるからといって、安心出来るとは限りません」

リナさんの言う通り、例の事件に対する市民の認識は甘い。

俺は聞く。

「犯人の情報、まだ掴めていないんですか？」

フォルセさんが難しい顔で答える。

「犯人が痕跡を消すのが上手くて、中々難しいみたいだ」

だが、手をこまねいているばかりではないらしい。

トリトンさんが言う。

「レオーネ殿が言っていた隠密部隊に加えて、陛下直属の近衛《このえ》隊の一部まで動いているとの噂もあります。それによって、これから事件が解決に向かうかもしれません」

噂とは言えど、近衛の一部まで動かしているかもしれないだなんて、相当だな。

この件に関する皇帝陛下の本気度が窺える。

しかし、宗教組織が犯行に及んでいる可能性があると、兄さんは言っていた。

一人か二人犯人を捕まえた程度では事件が解決しないかもしれない。

その可能性について、兄さんがフォルセさんに話していないとも思えないから、トリトンさんもそれについて理解しているとは思うが。

「なんにしても、今後も皇帝陛下の動向《どうこう》を注視する必要があります」

リナさんの言葉に、フォルセさんは頷く。

「帝都の行政府や近衛隊には何人か友人がいる。彼らに皇帝陛下や帝都の動向を教えてもらえるように頼んでみよう。もちろん、その情報は孤児院の関係者やリナたちとも共有するよ」

「「ありがとうございます」」

俺とリナさんはフォルセさんに頭を下げた。

帝都で集められた様々な情報を知れれば、それに合わせてより効率的な対策を打てるだろう。

「……暗い話はここまでにしよう。視察も十分出来たし、ここからは帝都の街を楽しもうか」

すると、トリトンさんが呆れたように笑う。

「午前中も楽しんでいらしたように思えますが……ともあれ、このあとはどうなされますか？」

フォルセさんは懐中時計を取り出して時間を確認すると、笑みを浮かべた。

「そろそろ昼食の時間だし、まずは並んでいる屋台の料理を買い集めて、みんなで楽しもう」

「それはいいですな。昔を思い出します」

トリトンさんは少し嬉しそうだ。

冒険者として各地を転々としていた時に、屋台のご飯をよく食べていたのだろう。

確かに、屋台での買い食いはその地域の雰囲気を感じることも出来るので、楽しい。

もちろん俺やリナさんも屋台飯は大好きなので、フォルセさんの言葉に素直に頷く。

屋台を巡り、買ってきた料理の数々を広場の共用テーブルに並べた。

フォルセさんが早速口に運ぶ。

「これ、絶妙な焼き加減で美味しいね」

フォルセさんに続いて、トリトンさん、リナさん、俺も口々に感想を言い合う。

「この焼き魚も非常に美味しいですよ。魚と香辛料が互いの良さを引き立てています」

「この魚介のスープ、野菜が沢山入っていて、濃厚なのに優しい味がしますね」

「ホットサンドは、トロトロのチーズがたっぷり入っていて美味しいです」

勧められた料理を食べ、それぞれ感想を言い合う。

少しして、そんな料理談義《だんぎ》が落ち着いたので、料理と一緒に買った果汁を搾《しぼ》って作ったジュースを飲んでみる。

これものどごしがスッキリしていて、料理に負けないほど美味しかった。


昼食を食べ終え、ごみを片付けてから、俺たちは散策を再開する。

午前中と同様、雑貨屋、花屋、服屋、八百屋など色々なところに立ち寄りながら移動する形だ。

そうして三十分ほど進むと、フォルセさんがこぢんまりしたその建物の前で足を止める。

軒先《のきさき》には、炎を背に二本の鎚《つち》がクロスしているイラストの描かれた看板がかかっている。

トリトンさんが口を開く。

「ここは武具屋のようですね。フォルセ様、お入りになりますか？」

「入ってみようか。帝都の武具屋には、どんな武具が置いてあるんだろうね」

そう言って、フォルセさんは少年のような表情を浮かべて、武具屋の扉に手をかけた。

店内は至って普通の武具屋といった感じで、多くの武具が棚《たな》や壁に展示されている。

強いて気になったことを挙げるとすれば、奥に『関係者専用武具室』と書かれたもう一つの扉があることくらいか。

俺は武具の方に視線を戻す。

この店には、剣、槍、斧など、様々な種類の武具がある。

どれも鉄で出来たシンプルな物で、値段もお手頃なので、駆け出し冒険者向けの店って感じだな。

同じく武具を見ていたフォルセさんが話しかけてくる。

「色々あるね！　どれから見ようか？」

「フォルセさんが気になるところからでいいですよ」

俺がそう言うと、フォルセさんは、「いいのかい？」と目を輝かせて、店の奥に歩いていく。

俺たちもそのあとについていく。

店内には先客の冒険者パーティが数グループいたようで、武具の感触を確かめたり、パーティメンバーと相談したりしていた。

そんな冒険者たちの中で、一際《ひときわ》目立っているパーティがあった。

彼らは全員が人間族で、男性二人と女性三人の合計五人組だ。

身に着けている武具や体つきから見ても、かなりレベルの高いパーティであることが分かる。

中でも、上位魔物の素材で作られたレザーアーマーを身に纏う、筋肉質なワイルド系イケメンはパーティの中でも別格だ。きっと彼がパーティのリーダーだろう。

彼の背中に大きな鞘《さや》が付いた剣帯があることから、大剣を得物としているのが分かる。

そんな彼らはやがて、関係者専用武具室へと入っていった。

「さっきの彼らが気になるのかい？」

フォルセさんがそう聞いてきた。

「はい、少し。なんというか……目立っていたので」

すると、リナさんも会話に入ってくる。

「彼らは帝都を拠点にして活動している冒険者パーティね。最近Aランクに昇格したって、帝国の冒険者の間で噂になっていたわ」

「なるほど。道理で……」

本気の姉さんたちには及ばないだろうが、Aランク冒険者というからにはきっとすごい者たちなのだろう。

そんな中、トリトンさんは窘めるように俺たちに言う。

「こそこそと噂話をするのはよくありませんよ。私たちは自分のことに集中しましょう」

確かにそうだ。あまり褒められたことではなかったな。

それから俺たちは、再びお店を物色する。

フォルセさんはワクワクした表情で武具を手に取る。

そして感触を確かめ、満足そうに頷いていた。

俺もフォルセさんを見習って、様々な武具を手に取って、一つ一つ観察していく。

俺は武具を作ることが好きで、オリジナルのものをいくつか作った。

だから、それなりに見る目はあると自負している。

そんな俺からしても、この店の武具は見事だ。

どれも扱いやすい初心者向けの武具だが、細部の加工や刃の作りなどはかなり緻密なのである。

この店の鍛冶師《かじし》は優れた腕を持っているのだろう。

しかし、だからこそ気になったことがある。

なぜこれほどの腕を持ちながら、鉄を使った初心者向けの武具しか作らないのだろうか。

俺が首をひねっていると、リナさんが話しかけてくる。

「カイル君、何か気になることでもあった？」

「ここの鍛冶師の腕は間違いなく一流です。なのになぜ高価で希少な鉱石を使った、高品質な武具がないのか気になりまして」

リナさんに加え、トリトンさんとフォルセさんも、改めて店内を見回した。

「……確かに、言われてみるとそうね」

「そうですな。どの武具も普通の鉄しか使っていないようです」

「カイル君の言う通り、これは不自然だね」

ミスリルなどの希少な鉱石は高価で加工難度も高い。

しかしその分それらで出来た武具は切れ味がよく、さらに魔力伝導率《まりょくでんどうりつ》が非常に高くなる。

そのため、魔力を武具に纏わせて強化しやすいというメリットがあるのだ。

もっともその分扱いや手入れが難しくなるので、上級者向けと言えるわけだが。

一体なぜこの店はそういう武具を扱わないのだろう……

なんて考えていると、背後から低くて野太い声が聞こえてきた。

「それは儂らが、低ランク冒険者に向けて商売をしとるからだ」

振り向くと、そこには立派な顎髭を蓄えたドワーフが立っていた。

そのドワーフは、火への耐性が高い素材で出来た、レザーアーマーを身に纏っている。

この店の鍛冶師かな。

全身から放たれる圧や、染み込んだ土や金属の匂いから、一流の鍛冶師であることは確かだし。

「質のいい素材を使った武具を置いておくと、低ランク冒険者はそれを買おうと身の丈に合わない
依頼で金を稼ごうとしたり、酷い時には店に忍び込んで盗もうとしたりする。そういうのに嫌気が

差したから、この売り場にはそういった武具は置かないようにしたんだよ」

なるほど、そういう事情があったわけか。

良質な武具は冒険者にとって、商売道具であり、ステータスを示すものである。

そのため冒険者は少しでもいい武具を持ちたがるのだ。

だが、高ランク冒険者ならともかく、低ランク冒険者のほとんどはお金を持っていない。

目の前のドワーフが先程言ったようなことが起きるだろうことは、想像に難《かた》くない。

「まぁ鉄を使うのは、単に儂のこだわりってのもあるが……っと、自己紹介がまだだったな。儂はここの鍛冶師のオリクトだ」

ドワーフ――オリクトさんはニカッと笑いながら自己紹介する。

「私はフォルセ・メリオス。右からトリトン、リナ、カイルだ」

フォルセさんの紹介に合わせて、俺たちはオリクトさんに頭を下げる。

オリクトさんは俺たち全員の顔を見回して言う。

「なるほど。貴族様とその従者ってところか？」

「厳密《げんみつ》に言えば違うけど、そう認識してくれて構わないよ」

フォルセさんが貴族らしからぬ軽い口調でそう言うと、オリクトさんはニヤリと笑った。

「気に入ったぜ。アンタらは何を求めてここに？」

「いや、これといった目的はないよ。帝都を散策している時にこのお店を見つけて、入ってみただけなんだ」

その言葉を聞いたオリクトさんは愉快そうだ。

フォルセさんが尋ねる。

「何かおかしなことでも言ったかい？」

「なに、面白い奴らがきたと思ってな。アンタら、相当出来るだろ？　そんな腕利きに武具を見てもらえるなんて、鍛冶師冥利《みょうり》に尽きると思ってな」

オリクトさんはそう言って、誇らしげに胸を張った。

一流の鍛冶師は持っている武具や体つきで、冒険者の実力を見抜く。

オリクトさんもその例に漏れずってわけか。

「アンタらなら、奥のフロアを見せても問題はなさそうだ。そっちも見ていってくれよ」

オリクトさんはそう言って、『関係者専用武具室』と書かれたドアを指差した。

見ると、そこからAランク冒険者のパーティが出てくるところだった。

「仕事が詰まってなければ儂が案内してやったんだがな。まぁ満足するまで見てくれ。なんなら、買ってくれると嬉しいがね」

「ははは、気に入った物があったらそうするよ」

フォルセさんがそう返すと、オリクトさんは「ガハハ」と笑いながら、『工房』と書かれた扉の向こうに消えていった。

フォルセさんが口を開く。

「中々愉快《ゆかい》な方だったね」

トリトンさんとリナさんが頷いた。

「ええ、そうですね」

「エルディルさんに似た雰囲気のドワーフでした」

確かにオリクトさんは、エルディルさんと似ているなと思う。

エルディルさんはベレタート王国軍の将軍を務めるドワーフ。

先日起きたベレタート王国とテミロス聖国の戦争でも大活躍した人物だ。

「さて、それじゃあ折角だし、オリクト君が許可をくれたあの部屋も見ていこうか？」

フォルセさんが、期待に満ちた表情でそう言った。

俺は「えぇ、是非」と言い、フォルセさんと共に、関係者専用武具室に入る。

そこにあったのは、最高品質の武具の数々だ。

それらも鉄で出来ていることは変わらないが、刃の研ぎ具合や刀身の焼き上げ方などが、先程の売り場の物とはまるで違う。

無論先程の部屋の武具が適当に作られているとは言わないが、こっちの武具の完成度の高さは脅《きょう》威《い》的だ。

フォルセさんは感嘆の声を発する。

「これは、すごいね……普通の鉄を使用しているにもかかわらず、ミスリルの剣に劣らぬ業物《わざもの》ばかりだ」

言葉には出さないものの、トリトンさんやリナさんも驚きを隠せない様子。

きっとこっちの部屋にある武具は、オリクトさんが魂を込めて作った物なのだろう。

そして部屋を分けているのは、先程語っていた理由かな。

俺は改めて武具の数々を見つめる。

やはりオリクトさんの腕は素晴らしい。

そして俺はあることに気付く。

同じ種類の武具がいくつも置かれているが、それらは寸分違わず均一に作られているのだ。

同じ武具に全くの違いがないというのは、買う側からすれば助かることである。

道具の感覚が変わると、それに合わせて動き方なんかも変えなくてはならないが、それがないのは大きな利点だ。

それだけでなく、自分と誰かが同じ物を買って、少しでもその性能に差があれば、不満に思う者が必ず現れる。

ましてそれが命を預ける武具であればなおさらだ。

こういった芸当も、鍛冶師としての優れた腕と、長年の経験があってこそだろう。

俺はオリクトさんを心の底から尊敬した。


この部屋の武具を一通り見終えたタイミングで、トリトンさんが問う。

「フォルセ様、何かご購入なさいますか？」

しかし、フォルセさんは残念そうな表情を浮かべ、首を横に振る。

「いや、止めておくよ。一振り買おうかとも思ったけど、あとのことを考えるとね」

そう判断するのも無理からぬ話だ。

フォルセさんの住まいは帝都から遠いメリオスにある。

武具のメンテナンスは基本、それを作った人にお願いするものだ。

なので、オリクトさんに武具のメンテナンスをお願いするのはかなり大変なのだ。

加えて、目の前の値札《ねふだ》を見ると、相当なお値段がするのだと分かる。

それらを考えると、『安易《あんい》に一振り』というわけにはいかないだろうな。

「いつか、こんな素晴らしい武具を、領軍の者たちに揃えてやりたいがね」

フォルセさんの言葉に、トリトンさんも同意する。

「これほどの武具を揃えることが出来れば、軍の力は底上げされるでしょうな」

「まあ、ない物ねだりしても仕方ない。ある物を上手く活用して、なんとかやっていくしかないね」

フォルセさんはそう纏めた。

流石長年辺境を守ってきた領主なだけあって、長期的に物事を見ているんだなと俺は思わず感心してしまった。

フォルセさんは懐中時計を取り出す。

「……結構長居してしまったみたいだね」

「このあとはどうなさいますか？」

トリトンさんの問いかけに、フォルセさんは顎に右手を添えて考える。

「……暗くなる前に宿に帰ろうか。レイア君たちへのお土産《みやげ》も忘れずにね」

「あとが怖いですからな」

トリトンさんが冗談っぽくそう言うと、二人は笑った。

姉が面倒くさい性格で申し訳ないとは思うけど、それにしても二人とも扱い方をよく分かっているなぁ。

そして先程までいた、普通の売り場に戻ると、フォルセさんはチラリと奥の受付に視線を遣《や》る。

「……オリクト君に挨拶しておきたかったけど、忙しそうだし、やめておこうか」

フォルセさんの視線の先ではオリクトさんと、先程見かけたワイルド系のイケメンが真剣な表情で話し合っていた。

確かに、邪魔出来る雰囲気ではないな……

俺は頷く。

「そうですね。また機会があったら、その時遊びに来ましょう」

こうして俺たちは武具屋をあとにした。


武具屋を出て大通りを歩くこと十分。俺は魔力を向けられているのを感知した。

ふと隣を見ると、リナさんもこちらを見ていた。

俺らは頷き合う。

「つけられています」

リナさんがそう言うと、フォルセさんとトリトンさんの顔に緊張が走る。

「何人だ？」

フォルセさんの問いかけに、俺は口を開く。

「数は四。菱形《ひしがた》の陣形を組んで移動しているようです」

奴らは人込みに紛れながら移動し、俺たちを追っている。

しかし、自分たちは上手く誤魔化しているつもりなのだろうが、その隠密技術はまだまだ甘い。

更に俺たちをつけている四人は、こちらが追跡に感づいたことにも気付いていないようだ。

もし気付いていたら、何かしら動きがあるはずだが、それがないからな。

俺は声を潜《ひそ》めて言う。

「どうしましょう?」

このまま四人を撒《ま》いて逃げるか、相手を迎撃《げいげき》して捕まえるか、大将であるフォルセさんに判断してもらおうと思ったのだ。

フォルセさんは少し考えてから言う。

「逃げようか。相手の実力が分からない以上、接触は避けたい」

「はい」

リナさんが即座にそう返事した。

そしてつけてくる四人に気取《けど》られぬように魔術を起動する。

すると、俺たちと寸分違わぬ姿をした幻影《げんえい》が何組も現れ、あらゆる方向に散っていった。

俺たちをつけている四人は、どれを追っていいのか迷い、陣形を乱した。

とはいえ、宿に直進するのは危険だ。

遠回りしながら完全に敵を撒いたと確信してから、宿に戻る必要がある。

ちなみに、こういった時のために宿には隠し扉があるので、待ち伏せされても問題はない。

「これで帝都にも敵がいるのは確定したが……どうして学生ではなく私が狙われたのだろう？」

フォルセさんは歩きながら、冷静な口調で尋ねてきた。

俺は答える。

「フォルセさんを誘拐して人質にし、兄さんやオリバーたちに大会の辞退を迫るというプランではないでしょうか」

フォルセさんは納得したように頷く。

「なるほど……なら、今日中にもう一度仕掛けてくる可能性はあるかな？」

それに答えたのはリナさんだった。

「予想外のことが起きた直後に、再度仕掛けてくることはないんじゃないですか？　先程の奴らの反応を見るに、私が幻影を生み出せるとは知らなかったようです。こちらの戦力を再度調べてから仕掛けてくると見るべきでしょう」

リナさんの言う通りだな。

暗殺者だろうが冒険者だろうが関係なく、行動する前に情報収集するのは基本中の基本だし。

「まぁなんにしても、夜間の警戒を強化する必要はありそうだね」

フォルセさんがそう言うと、リナさんが力強い口調で言う。

「レイアやレオーネさんと情報を共有し、対策しようと思います」

「ああ、頼むよ」

それから俺らは今後の対策を話しつつ、無事宿に戻った。


宿に戻った俺たちは共用スペースにいたレオーネさんと、リナさん以外の《月華の剣》のメンバーに状況を説明する。

「……なるほど、そんなことがあったのか」

俺たちの説明を一通り聞いて、姉さんがそう零した。

「どういった人物か、分かるか？」

レオーネさんが俺に尋ねるが、撒くことに終始していたので、首を横に振るしかない。

ただ、つけてきた人数と、陣形、実力については伝えておく。

すると、姉さんが真剣な表情で尋ねる。

「カイル、リナ、それ以外に気になったことは？」

答えたのはリナさんだ。

「隠密の腕はそこそこで、連携も多少はとれていたわ。それと一般人を巻き込むことはしないみたいね」

「……すると目立つことを嫌う、暗殺者の可能性が高いか……」

「相手が暗殺者を雇ったのなら、夜の警戒を一層強化する必要があるわね」

ユリアさんが落ち着いた声でそう言うと、全員が頷いた。

姉さんが部屋の出口へ歩き出す。

「レスリーたちも呼んでこよう。リナたちは護衛方法に関して改善点がないか、考えておいてくれ」

姉さんはそう言って、オリバーたちに座学の指導をしているであろう兄さんのところに向かった。

残された俺とリナさんたちは姉さんの言葉に従い、護衛方法に関して再度話し合うのだった。

第五話　魔術競技大会、開幕

三日後。

あの日以降、昼夜問わず宿の内部を徹底的《てっていてき》に見回る、フォルセさんや学生たちが外出する時は必ず三人以上護衛を付けるなど、より厳重に護衛するようになった。

その甲斐あってか、敵が何か仕掛けてくることもなかった。

そして、今日が魔術競技大会の開会式と予選が行われる日だ。

魔術競技大会はトーナメント方式で進み、大体十日間で全ての日程を終える予定である。

オリバーたちの出番はもう少し先だが、会場の熱気は凄まじく、圧倒される。

試合は直径三十メートルほどの円形の闘技場で行われ、その周囲をぐるっと覆うように、階段状に観覧席が設置されている。

前世でいうスタジアムのような感じだ。

上部の観覧席は貴族専用の個室となっており、対物理・対魔術の障壁や結界が施されている。

そして更に、正面には強化された巨大で透明なガラスも設置されており、防御は万全だ。

俺らは今、そこにいる。

ここを使えるのは、貴族であるフォルセさんのお陰だ。

そんなフォルセさんは先程まで、知り合いの貴族との昔話に花を咲かせており、それに関してトリトンさんに言う。

「各方面を守護する家々が息災《そくさい》で安心したよ。各国境線《かくこっきょうせん》の防衛を最優先に考えておられる陛下も安心してくださるだろう」

「先日のテミロス聖国との戦争に関しても、お褒めいただきましたね。これもレイア殿たちのお陰ですな」

その言葉を聞いたフォルセさんが惜しむように言う。

「テミロス聖国が侵攻してこなければ、ベレタート王と一緒に観戦《かんせん》することが出来たはずだ。それが少し残念だな」

「戦争が終わったと言っても、まだまだ日が浅いですから。今の状況で国を離れるのは難しいでしょう」

俺はフォルセさんとトリトンさんの話を聞いて、失礼ながらほっとしていた。

ベレタート王には先日の戦争から、妙に気に入られてしまっている。

彼は俺と模擬戦がしたいようだが、ベレタート王はメチャクチャ強いので、正直しんどいのだ。

フォルセさんに先程教えてもらったのだが、ベレタート王やエルディル将軍は毎年国賓《こくひん》として魔術競技大会に招かれているらしい。

しかし、今回は戦争の後始末や国内の安定を優先させるため、観戦を見送ったという流れなんだとか。

ところで、開会の宣言をなさった皇帝陛下が女性だったのには驚いたな。

この世界では男性が要職《ようしょく》につくことがほとんどだ。

ましてや巨大国家である帝国の皇帝なのだから男性だろうと勝手に思い込んでいたのだが、予想外だった。

フォルセさんが教えてくれたのだが、初代皇帝が女性だったこともあり、帝国では歴代の皇帝の多くが女性なのだとか。

もちろん男性の皇帝もいたそうだが、八割ほどが女性らしい。

そして、皇帝陛下とその側近の一人が人間族ではなかったこともびっくりだ。

見た目は二人とも人間族そのものだったが、纏う魔力の質が明らかに人間族とは異なっていた。

二人は幻影魔術をかけて、周囲から気づかれないようにしていたが、少し違和感があったので詳しく見てみると分かったのだ。

魔術が得意な俺でギリギリ見抜けたくらいだし、魔術の腕も確かってことだよな。

そんなことを考えていると、オリバーたちが入場してきた。

彼らは堂々と歩き、所定の位置につき、構える。

ほぼ同じタイミングで、敵も位置についたようだ。

やがて、試合開始の合図が出された。

オリバーたちの対戦相手は、帝国の西側にある都市の魔術大学の生徒。

俺は集中して相手の戦いを分析する。

両チームが放った様々な属性の魔弾が、スタジアムの中心でぶつかり合う。

そんな中、ソフィアが自身の体に身体強化の魔術を施し、敵陣へと走り出した。

相手校の生徒の一人は、驚きのあまり、一瞬動きを止める。

ソフィアはその一瞬の隙《すき》を見逃さず、相手の顎に向かって拳を振り上げる。

相手校の生徒は宙に舞い——そして、消えた。

出場生徒全員は、国から貸し出された転移《てんい》の魔道具を装備している。

これによって、意識を失うか魔術の直撃《ちょくげき》を受けるかすると、即座に医務室へ転移させられるようになっているのだ。

まずはこちらのチームが一歩リード、か。

フォルセさんが満足げに言う。

「近接戦闘に慣れていない魔術師に対しては、接近戦が有効。分かっているじゃないか」

しかし、トリトンさんは現状を嘆くかのように溜息を吐く。

「相手の魔術師が近接戦闘を仕掛けてきた程度で驚くとは。こういう物言いはあまり好きではないですが……時代が変わったのでしょうな。私の若い頃は魔術師と戦士が互角に殴り合っていましたよ？」

その言葉に、姉さんは頷く。

「昔の魔術師は戦士たちと共に前衛で戦っていたからな。だが、現代の魔術師は後方で魔術を起動させることだけに注力しようとするきらいがある。派手な魔術を放ちたくて、受ける依頼をえり好みする魔術師も多いと聞く。それこそこの間カイルが提案していた公共事業の話だって、原因はそこにあるって話だしな」

俺は「そうだね」と答えて、頷いた。

先程倒された生徒も、典型的《てんけいてき》な現代の魔術師だったのだろう。

確かに魔術の腕はそれなりにあったようだが、近接戦闘はてんで素人って感じだった。

そう思いつつ、スタジアムに視線を戻す。

相手校の生徒が一人ダウンしたことで、戦況はオリバーたちにとってかなり優勢なものになっているようだ。

いや、人数の問題だけじゃないな。

相手校の生徒の魔術の質が落ちているのだ。

近接戦闘を仕掛けられるという予想外の事態に、心を乱してしまったのがその原因だろう。

それを好機と見て、ソフィアだけでなくジャックも敵の方へと走っていく。

敵陣営がまた慌てだしたな。

それから試合が終わるのに、そう時間はかからなかった。

最初の魔弾の撃ち合いこそ互角に見えたが、結局終わってみれば、ワンサイドゲームである。

最後に皇帝陛下に一礼して、オリバーたちは闘技場から退場していった。

皇帝陛下はオリバーたちに興味を持ったのか、側近の近衛兵に話を聞いているようだ。


五分後。オリバーたちが客席にやってきた。

彼らはきょろきょろと周囲を見回して、兄さんを見つけると駆け寄ってくる。

兄さんは、そんなオリバーたちの肩をポンと優しく叩き、「よくやった。その調子で油断せずに励むんだぞ」と労った。

すると、フォルセさんがニコニコしながら言う。

「今日はオリバー君たちの健闘を称えて、レオーネ殿に豪勢な食事をお願いしようか」

それに、トリトンさんが賛成する。

「それは名案ですな。圧勝だったとはいえ、初戦でしたし、皇帝陛下の御前で試合を行ったので、緊張していたでしょう。今日はいいものを食べて、しっかり英気を養ってもらわねば」

そんなわけで市場を巡り、食材や調味料を仕入れつつ、俺らは宿へと戻った。

そしてレオーネさんに祝勝会をしたい旨を伝えつつ、買ってきた物を渡す。

夕飯ができるまでは自由時間となったのだが、兄さんとオリバーたちが今日の試合に関する反省会を行うと言い出したので、試合を見ていた俺らも参加することにした。

そんなことをしていると、あっという間に時間は過ぎる。

兄さんが総括を話している途中に、いい匂いが漂ってきた。

オリバーたちが鼻をひくひくさせているのに気付き、兄さんは「まぁこんなところでいいだろう。飯にするか」と口にして、優しく笑った。

食堂に移動して席に着き、乾杯すると、みんなは笑顔で料理に手を伸ばし始める。

幸せそうな顔で料理を味わう、オリバーたち。

彼らが力の全てを出し切り、後悔なく笑顔で大会を終えられるよう、俺は心から願った。

第六話　純粋な悪魔

祝勝会が終わった後は、リナさんと姉さんが宿の周り、兄さんがフォルセさんの警護に当たってくれると言うので、俺はそれに甘えて眠ることにした。

しかしその数時間後、俺は目を覚ました。

吐き気を催すほどの醜悪《しゅうあく》な魔力が漂っていることに気付いたからだ。
なんだ、この質《たち》の悪い魔力は……
思わず、眉を顰める。
先日竜人族の隠れ里を訪問した際にも、同じく夜間に邪竜が解き放たれた。
その時にはなんとも言えない違和感を覚えたものだったが……それとは種類が違うな。
俺は大きく息を吐くことで心を落ち着かせて、ベッドから起き上がる。
そして、真っ直ぐフォルセさんの部屋へ向かった。
その途中、《月華の剣》と合流する。
彼女たちも当然邪悪な魔力に気付いているようだ。
俺同様寝ていたはずの三人も、既に臨戦態勢になっている。
フォルセさんの部屋の前につくと、姉さんが扉をノックする。
「レスリー、私だ」
「レイアか。今扉を開ける」
そうして俺らは、部屋の中に入る。
すると、フォルセさんは心配そうな顔をして言う。
「……みんなも、あの悍《おぞ》ましい魔力に気付いたんだね」

俺たちは揃って頷く。

「だが、これは私たちを狙った何かではなさそうだな」

そんな姉さんの言葉に、兄さんが頷く。

「あぁ、魔力はここから十キロほど離れた場所から感じる。それに、宿に何か仕掛けられた痕跡はない」

「どうする？」

姉さんが短く問いかけると、兄さんはほんの少し考えてから答える。

「俺とカイルで様子を探ってこよう。カイル、いけるな」

「大丈夫。問題ないよ」

元よりそのつもりだった。

これほど邪悪な魔力を無視しておくわけにはいかないからな。

兄さんは頷いてから、姉さんの方を向く。

「フォルセ様やオリバーたちのことは任せたぞ」

「任せろ。こちらで動きがあれば、すぐに通信魔術で知らせる」

「二人とも気を付けてね。そっちも何か問題が発生したら、すぐに知らせて」

そんなリナさんの言葉に、俺と兄さんは頷く。

「了解した」

「分かりました。じゃあ、行ってきます」

俺たちは手早く装備を整えると、獅子の鬣亭を出る。

先日街中でつけてきた奴らが今なお俺らを狙っている可能性はある。

認識阻害の魔術で魔力や姿を隠し、夜の闇に紛れながら進む。

邪悪な魔力は、最初に感知した時より明らかに、大きくなっている。

急がなくては……

すると、兄さんが口を開いた。

「私たちの前に、魔力反応がある」

その言葉を聞いて、俺は改めて魔力感知を行った。

すると俺らと同じ方向へ固まって移動する、五つの魔力が前方にあることに気付く。

前にいる者たちは真っ直ぐに邪悪な魔力の元へ向かっている。

どうやら、俺たちには気付いていないようだ。

このタイミングで邪悪な魔力の方へ向かっているのは、どのような奴らなのか……

プラスに考えるなら俺らより先に事態に気付いて止めにいっているとも考えられるが、敵の仲間だとも考えられる。

「了解」

「無理に追い抜く必要はない。このまま後ろについて、様子を見よう」

「兄さん、どうする？」


そんな会話から、五分後。

俺らは、ある建物の前に辿り着いた。

邪悪な魔力は、この中から垂れ流されているようだ。

「ここは……」

「見たところ、廃教会のようだな」

目の前に建つのは、廃《すた》れた教会だった。

教会の周囲に立っている家たちも、なんだか寂《さび》れて見える。

もう一度魔力を検知すると、前方にいた五人組もすでに教会の中にいるのだと分かる。

そのため更に認識阻害の魔術を重ね掛けし、教会に入る。

教会の内部は明かりが点《とも》っておらず、月明かりが僅かに差し込む程度で、薄暗い。

俺たちは敵にも、前を行く五人にも見つからぬよう、梁《はり》の上に飛び乗る。

そして梁伝いに進んでいくと、やがて、先程感知した五人組の姿を見つけた。

俺は念話を使って兄さんに言う。

『武具店で出会った人たちだ』

廃教会の中にいたのは、オリクトさんの店にいた、Aランク冒険者パーティだった。

リーダーであるワイルド系イケメンは、真新しい大剣を背負っている。

オリクトさんと話し合った上で作ってもらった武具だろうか。

彼は右手をその大剣の柄に添え、いつでも斬りかかれるようにしながら祭壇へと一歩一歩進んでいる。

他のパーティメンバーも、各々武具を手に取って警戒しているようだ。

『顔見知りか？』

兄さんがそう聞いてきたが……会話していないから、顔見知りってほどではないんだよな。

『いや、そういうわけではないんだけど――』

俺は、以前武具店で起こったことをざっくりと兄さんに話す。

兄さんは『じゃあ、実力は折り紙付きってわけだ』と口角を上げた。

そして俺たちもAランク冒険者パーティと同じくらいのペースで教会の奥へと歩を進める。

教会の真ん中あたりまで来たかというタイミングで、祭壇の方から小馬鹿にした声が聞こえてきた。

「おやおや、この豊潤《ほうじゅん》な魔力に誘われて、虫どもが湧《わ》いてきましたね」

声が聞こえた瞬間、教会内の明かりが一斉に点いた。

黒いマントを纏った二人組の姿が目に入る。

小柄な男と、マントを纏っていても分かるほど筋骨隆々《きんこつりゅうりゅう》な男——対照的である。

二人はマントに付いたフードを目深《まぶか》に被っているため、顔は見えない。

そして、そんな彼らの背後には、衝撃的な光景が広がっていた。

なんと、子供の死体が山のように積み上がっていたのだ。

こいつらが誘拐事件の犯人か！

あまりにも悍ましい光景を目の当《ま》たりにして、俺は腸《はらわた》がふつふつと煮《に》えくり返るのを感じていた。

しかし、それを察したのだろう、兄さんが俺の肩に手を置く。

『我慢しろ。状況を見極めてからだ』

『……分かっている、分かっているさ』

俺がどうにか自分の心を鎮《しず》めていると、ワイルド系イケメンが怒気を孕《はら》んだ声を上げる。

「これは、お前らの仕業か？」

積み上げられた死体の山からは、邪悪な魔力が大量に立ちのぼっている。

これが、あの胸糞《むなくそ》悪い魔力の元凶であることは、疑いようがない。

そしてその魔力は、今なお増幅している。

目の前で行われているのは、肉体と魂を生贄にした醜悪で邪悪な儀式。

そしてそれによって生み出されるのは――

兄さんも奴らの目的を察したのか、真剣な表情で俺を見つめる。

『カイル、あの二人が逃げたとしても絶対に追うな。誕生した悪魔を放置したら、間違いなく帝都に甚大《じんだい》な被害が出る』

『分かってる。逃がすのは癪《しゃく》だけど……』

悪魔――精霊と対《つい》を為《な》す、世界の均衡《きんこう》を乱す邪悪な存在。

ただでさえ強い悪魔ではあるが、今回はさらに厄介だ。

なぜなら触媒が無垢な子供の肉体と魂であるから。

そういった穢《けが》れなき魂を使って生み出す悪魔――『純粋な悪魔』は通常より遥かに強く、時間が経てば経つほど力を増すという特徴を持っている。

黒いマントを被った小柄な男は、Aランク冒険者パーティを小馬鹿にしたように言う。

「目的は達しました。我々は失礼させていただきます。行きますよ」

「……ああ」

大柄な方もそう答えた。

そして二人は、廃教会から逃走する。

「待て！」

すぐにあとを追おうとするワイルド系イケメンを、女性魔術師が呼び止める。

「リーダー、この子たちは――」

しかし、ワイルド系イケメンは、叫ぶように言う。

「ギルドもここの異変を察知して動くはずだ！　俺たちは奴らを追うぞ！」

「「「……了解！」」」

こうしてAランク冒険者パーティは廃教会を出ていった。

Aランク冒険者パーティは悪魔の存在を知らないのだろうな。

まぁ俺だって、世界の均衡を守るために特殊な力を揮《ふる》うことを許された者――調停者《ちょうていしゃ》でなければ知らなかったと思うが。

恐らく黒いマントの二人組の狙いは、冒険者パーティをここから引き離すことだろう。

だが、俺たちがここにいることには、最後まで気付かなかったようだ。

廃教会から誰もいなくなったのを確認し、俺たちは梁から降りる。

そして幼い子供たちの死体の山を、教会ごと大規模な時空間魔術で異空間へと飛ばした。

周囲の景色こそ変わっていないが、この中でどれだけ暴れても、現実世界に影響が出ることはないはずだ。

時空間魔術はかなり難しく、俺一人では起動できない。

そう考えると、『悪神の肉片』を喰らって巨人と化したテミロス聖国の騎士を、さくっと異空間に飛ばしていた精霊様方はやっぱりすごいな。

うん、一応強度が問題ないか、精霊様に確認してもらおう。

俺が心の中で呼びかけると、四人の精霊様方が実体化した。

精霊様方は、正体がバレてしまうと厄介なのでいつもは人に視認できないよう非実体化しているのだが、こうして呼びかけると出てきてくれるのだ。

「どうです？　これくらいの強度で問題ないですかね？」

「強度は問題ない」

緑の精霊様がそう言うと、赤、黄、青の精霊様方も頷く。

「綻びもねぇ」

「広さも十分」

「これなら、純粋な悪魔と存分にやり合っても問題ないわ」

精霊様方からお墨付きをもらえれば、安心だな。

これで、心置きなく純粋な悪魔とやり合える。

さて、それじゃあ、いつ悪魔が生まれてきてもいいように、準備しておくか。

「【武装付与《ぶそうふよ》・霹靂神《はたたがみ》】」

俺は雷属性の魔力で武装付与を行い、自らの肉体を雷に近づけた。

武装付与は、己の肉体そのものを変質させる魔術。

深度を高めれば高めるほど、強大な力を振るうことが出来るようになるが、そのぶん危険も大きくなるという、調整が非常に難しい魔術でもある。

そして俺は、異空間からシンプルなデザインの金糸雀《カナリア》色の槍を取り出す。

これは俺が生み出したオリジナル武具。

前世で有名だった、かの千子村正《せんごむらまさ》が製作した槍にインスパイアされて作った一本である。

そして普通の槍とは違い、石突《いしづき》から穂先《ほさき》まで全てが、高純度・高濃度の魔力を宿している鉱石――魔鉱石で出来ているのだ。

そのお陰で、雷属性の魔力の伝導率は百パーセントとなっている。

「カイル、そろそろ生まれるぞ」

兄さんはそう言って、腰の左右に一振りずつ差しているククリナイフを抜き、逆手に構えた。

ちなみに兄さんのククリナイフも俺の手製だ。

ウルツァイトを加工して作っており、硬度と切れ味、そして魔力伝導率が段違いに高い。

俺たちは武具を構え、純粋な悪魔が生まれるのを待つ。

そして十数秒して、ついにその時が来た。

子供たちの死体の山を中心に、地面に赤錆色《あかさびいろ》に輝く魔術陣が展開される。

そして、積み上がっていた子供たちの死体がぐにょぐにょ粘土のように集まり、巨大な一つの肉塊に再構成されていく。

魔術陣からあふれ出る大量の魔力を見て、俺は思わず呟く。

「おいおい……こいつ、公爵《こうしゃく》級くらいの力はあるんじゃない？」

悪魔の強さを計る指標として、爵位になぞらえた等級がある。

上から順に、大公《たいこう》級、公爵級、侯爵級、伯爵級、子爵級、男爵級。

公爵級ともなれば、街一つくらい余裕で沈めてしまえるだろう。

兄さんは頷く。

「間違いなく、そうだろうな」

すると、緑の精霊様が俺たちの肩を叩いた。

「公爵級風情《ふぜい》に負けるほど、お前たちは弱くない」

緑の精霊様がそう言うと、赤、黄、青の精霊様方もそれに同意する。

そして笑顔で「じゃ、頑張れよ」と言うと実体化を解いた。

かつては戦っている時も実体化してアドバイスをくれていたものだが、その必要もないと判断されたらしい。

信頼してくれているってことだな。

精霊様方の信頼に応えるためにも、あの悪魔をさっさと倒してしまおう。

肉塊は徐々に変化していき、最終的に青銅色《せいどういろ》の肌をした上半身と、狼の脚を持つ、巨大な異形《いぎょう》になった。

そして背中には、ボロボロの黒い翼まで生えてくる。

目の前のコイツから感じる魔力は、以前戦った、魔王種に進化したオーガとどちらが強いか、といったところか。

あのオーガだって時間をかけた上に、悪神《あくしん》の力を借りてあそこまで強力になったのだ。

それなのに生まれついてこれだけの魔力を持っているとは……やはり今の内に倒しておかねばならない。

純粋な悪魔は、ボーッと立ったまま動かない。

……周囲を観察しているのか？

その純粋な悪魔に、俺と兄さんは濃密な闘気をぶつける。

「……ウァ？」

純粋な悪魔が、こちらを見る。

そして、遊び相手を見つけた子供のように笑い、その場から動くことなく、俺たちに向けて右拳を振るう。

ただそれだけの動きだけで、爆風が吹き荒れた。

あれに当たったら、流石にひとたまりもないな。

俺と兄さんは飛び上がり、襲い掛かってくる拳を避ける。

それから一瞬遅れて、拳は俺らが元居た場所に突き刺さった。

地面が抉《えぐ》れる。

やはり、コイツが持つ力はとんでもないな。

だが、この程度で引くわけにはいかない。

今度はこっちが仕掛ける番だ。

俺は雷属性の魔力を脚に纏わせ、全速力で地を駆ける。

そして悪魔の正面に一瞬で飛び上がった。

「――フッ！」

俺は悪魔の顔面目掛けて、槍による高速の突きを放つ。

しかし、悪魔は首を横に振りそれを避ける。

俺はそれから何度も突きを放ったが、悪魔はそれを全て紙一重で躱しつつ、左拳を放つ。

先程の一撃よりも速い——!?

俺は空中で体を捻り、空気を蹴り、猛スピードで地面へ降りた。

悪魔の左拳は空を切る。

自身の左拳を見て、悪魔は首を傾げる。

すると、その背後から兄さんがぬらりと現れ、左手に持つククリナイフを首目掛けて水平に振り抜く。

魔力操作が巧みな兄さんが魔力を込めて振るうククリナイフは、どれだけ大きなものですら切断し得る。

しかし、そうはならなかった。

悪魔は体を回転させ、右手でククリナイフを受け止めた。

純粋な悪魔は生まれてまだ数分程度にもかかわらず、高ランクの冒険者と比べても遜色《そんしょく》ない身のこなしをする。

だが、それじゃあまだ足りない。

兄さんは「——フッ!」と声を上げ、ククリナイフに魔力を込める。

するとククリナイフの先端から魔糸が伸び、純粋な悪魔の右腕に巻き付く。

「……ア？」

悪魔が首を傾げた瞬間、巻き付いた魔糸が一気に縮まり、右腕をあっさりと切断する。

そのあまりにも綺麗な断面から、魔糸の切断力の高さが分かる。

しかし、右上腕が切断されたのにもかかわらず、悪魔には痛がる素振《そぶ》りすらない。

「アゥ」

それどころか、そんな声を上げて兄さんの腹部を狙って回し蹴りを放つ。

兄さんは後方へ跳んで距離を取りながら、何十層にも重ねた魔力障壁――積層魔力障壁を展開し、その攻撃を受け止めようとする。

だが、悪魔の左脚は邪悪な魔力を纏っている。

奴の脚が、兄さんが展開した積層魔力障壁を粉々に砕いていく。

「アァ」

純粋な悪魔が、不気味に微笑んだ。

そして、兄さんの腹部へ蹴りが叩き込まれ――たかのように見えた瞬間、悪魔の脚がピタリと止まる。

そう簡単に一撃を与えられるほど、兄さんは甘くない。

兄さんは百層以上積み重ねた積層魔力障壁を、腹部にのみ展開していた。

どうやら先程割られた魔力障壁は、これを展開するための時間稼ぎだったらしい。
予想外の事態に、悪魔は次のアクションに移れない。
兄さんはその隙に両手の指から無数の魔糸を生み出し、悪魔を拘束した。
「カイル、やれ」
兄さんの言葉に、俺は頷く。
「了解」
俺は、純粋な悪魔の背後に回る。
そして胸の中心に向けて、全力で槍を放つ。
高速の一撃は、悪魔の胸を貫き、胴体《どうたい》に大きな穴を穿《うが》った。
とはいえ、流石にそれだけでは倒れない。
追撃を警戒して、悪魔は邪悪な魔力で身体強化する。
そして魔糸の拘束を破り、魔弾を大量に生み出し、俺たちに放ってくる。
俺は後方に飛び、大量の魔弾を避けつつ、悪魔と距離を取った。
悪魔は、穴の開いた胸を見て楽しそうに笑う。
そして全身に邪悪な魔力を循環させた。
すると、胸の中心に大きく開いた穴が埋まり、切断された右腕も再生する。

更に悪魔は邪悪な魔力を再度体に纏わせ、肉体を強化した。

そして音もなく地を駆け、一気に距離を詰めてきた。

悪魔は「ウアァ」なんて声を上げながら目にも留まらぬ速さで拳や蹴りを放ってくる。

俺と兄さんはそれらを躱し、隙を見てカウンターを叩き込むが、槍で突き刺せどもククリナイフで切れども、悪魔の動きは鈍らない。

どれだけ傷をつけても、再生能力によって回復されてしまうのだ。

それどころか、悪魔は体術と翼を合わせた攻撃をしてきたり、魔力で作った剣や槍まで放ってきたりする。

やはりこいつ、戦いの中で成長している。

俺たちの動きから、体の動かし方や魔力の制御・操作を学習しているのか。

ゆっくりやっている場合じゃないな。

俺らは一旦悪魔から大きく距離を取る。

俺は武装付与の深度を一気に上げて、自身の肉体を雷そのものへと変化させる。

続いて、兄さんは自身の周囲に、防御、拘束、切断に特化した様々な魔糸を張り巡らせる。

魔糸は込める魔力によって、様々な役割を担うのだ。

当然様々な魔力を操るのは難しい。

兄さんはこれまでのように、切断の魔糸のみを使って戦うことが多い。

しかし、今回はそうもいかないと判断したのだろう。

それを見て、俺は周囲に超高電圧の雷で出来た槍を十本展開した。

「アァァ？」

純粋な悪魔は俺たちの技を、不思議そうに眺めていた。

生まれたばかりだから好奇心が強いのだろう。だが、そうやって観察してくれているということは、準備の時間を与えてもらっているのと同義だ。

お前はその好奇心故に倒れることになる。

俺はそう思いつつ、一瞬で悪魔の後ろに移動する。

そして、十本の雷の槍を連続で放つ。

悪魔はボロボロの翼に魔力を集中させる。

翼と一本目の雷の槍がぶつかった。

「ウァ!!」

純粋な悪魔は大声を上げ、雷に焼かれつつも翼で尽《ことごと》く槍を弾き飛ばす。

しかし、そんなのは織り込み済みだ。

奴が雷の槍を防いでいる間に、俺は再度十本の雷槍《らいそう》を用意していた。

そして、それらを悪魔に放つ。
流石にもう一度防ぐのは難しいと思ったのだろう、奴は純粋な回避を選ぶ。
だが、そうはさせない。
俺は兄さんに視線を向ける。
兄さんは魔糸を十本の雷槍に纏わせる。
これで、十本の雷の槍の動きは兄さんがコントロールできるようになった。
雷の槍は、縦横《じゅうおう》無尽《むじん》に動き回る。
そして、不規則な軌道で純粋な悪魔へと向かう。
悪魔は、槍を完全に避けられず、全身にいくつもの傷を作る。
しかし、流石は純粋な悪魔。
次第にその不規則な動きにすら慣れてきたのか、攻撃が段々当たらなくなる。
ならばと思い、俺は槍を手に駆け出す。
そして雷の槍とはタイミングをずらして、攻撃する。
悪魔はそんな俺らの攻撃に対応出来ず、更に追い詰められていく。
段々と、傷の再生も間に合わなくなっているようだ。
「――ウァ!」

悪魔はそんな風に苦しそうな声を上げ、全身から純度の高い邪悪な魔力を放つ。

すると、十本の雷の槍が兄さんの纏わせた魔糸ごと消滅。

しかしその瞬間、純粋な悪魔の体が一瞬硬直した。

まだ魔力の扱いに慣れていないのだろう。

兄さんは、悪魔に向けて一気に加速する。

俺より先行している兄さんは大量の魔糸を生み出し、それを束ねていくつもの巨大な拳を作り、悪魔に向かって振り下ろす。

それを見て、悪魔は再びボロボロの翼に膨大な魔力を込めて強化。前方に向けて、盾代わりにした。

魔糸の拳と、翼が真正面からぶつかる。

鐘を打ち鳴らしたかのような音が周囲に響き渡り、衝撃が大気を震わせた。

しかし、それは一度で終わらない。

兄さんは目にも留まらぬ速さで、息つく間もなく魔糸の拳を放ち続ける。

純粋な悪魔は防御に徹することで何とか防いでいるが、「アア……ウァ」なんて弱々しい声を上げているのを見るに、ダメージはしっかり入っているようだ。

すると、兄さんが念話で合図を出してくる。

『カイル』

『任せて』

そう答えつつ俺は駆け出し、悪魔の背後へ。

しかし、すぐさま気付かれてしまう。

悪魔はちらりとこちらを見て、魔弾を放とうとしてきた――が、兄さんが魔糸の拳を叩きつける速度を更に速めたことで、その動きを妨害《ぼうがい》。

俺は兄さんに感謝しつつ、右手の槍に高濃度・高密度の魔力を込める。

そして、四連撃を放った。

両肩と両膝を貫かれた悪魔はバランスを失い、体勢を崩す。

その隙に、兄さんが切断に特化した魔糸で、純粋な悪魔のボロボロの翼を根本から切断した。

だが、それでもなお悪魔は絶命しない。

それどころか、魔力を循環させて体を再生させようとする。

兄さんは魔糸で出来た無数の拳を、再度悪魔に向かって振るう。

悪魔は、積層魔力障壁を展開する。

体を再生する時間を稼ぐつもりか!?

「ウァ!!」

「‼」

悪魔が展開した積層魔力障壁と、兄さんの無数の魔糸の拳がぶつかる。

その瞬間、ガラスが砕け散るような音が鳴り響いた。

何十層と重ねた積層魔力障壁といえど、無数の魔糸の拳による連撃を止めることは出来なかった。

障壁はものの数秒で破壊され、純粋な悪魔の体に拳が叩き込まれていく。

抵抗することも体を再生させることも出来ず、純粋な悪魔は攻撃を食らい続ける。

悪魔の体は徐々に崩壊《ほうかい》をはじめ、光り輝く『魂』を露出させた。

この魂こそが、悪魔の核である。

これを壊せば、悪魔を完全に滅ぼせる——！

しかし、魂が露出した瞬間、悪魔は最後の悪足掻《わるあが》きをした。

「——バァ‼」

純粋な悪魔は口を大きく開いて、兄さんに超高出力のレーザービームを放った。

だが、兄さんは動揺しない。

落ち着いて新たな魔糸を生み出し、束ね、盾を作った。

レーザービームと、魔糸で組まれた盾が真正面からぶつかる。

やがて、レーザービームの勢いが減衰《げんすい》し、完全に消滅した。

そう、これこそが長年の研究によって生み出された、兄さんの最高傑作——魔力を完全に無効化する魔糸だ。

各属性の極細の魔糸をねじり合わせて一本になることで、ありとあらゆる属性の魔力を中和し、無効化するのである。

純粋な悪魔は、完全に動かなくなった。

力を使い果たしたらしいな。

兄さんは悪魔に近づき、魔力を完全に無効化する魔糸をククリナイフの刃に纏わせ、肉体と魂を切り刻んでいった。

「カイル、最後は任せる」

そうして、兄さんはこちらを見てそう言った。

「了解」

悪魔は死骸を放置しているだけでも瘴気をまき散らす。

なので、完全に消滅させる必要があるのだ。

俺は頷いて、上空に跳び上がり、魔力を槍に込める。

槍は神々しい光を放ちながら、輝いた。

俺はそれを切り刻まれた純粋な悪魔の肉体と魂に向かって投擲《とうてき》した。

槍は一筋の雷光となって落下し、着弾《ちゃくだん》する。

超高電圧の雷がほとばしり、悪魔の肉体と魂を一欠片《かけら》も残さず完全に消滅させた。

兄さんは安堵の溜息を吐いて、右手を掲げる。

俺も右手を挙げ、ハイタッチするのだった。


俺と兄さんは、異空間で少し休憩をとってから教会を出ることにした。

流石に大技を連発したこともあり、これからすぐ悪魔を呼び出した二人を相手にするのはキツいだろうという判断だ。

結構時間が経ってしまったこともあり、どっちみち今から追いかけても間に合わないだろうという現実的な計算の結果でもあるわけだが。

あっちはA級冒険者パーティが捕まえてくれたことを願うしかないな。

兄さんは、笑みを浮かべながら言う。

「中々厄介な相手だったが、被害なく終わって良かった」

「あいつがもし皇帝陛下の城を襲っていたら……いや、皇帝陛下もその側近も強そうだったし、襲われても大丈夫な気はするな」

俺が冗談っぽく言うと、背後から女性の声が聞こえてくる。

「本当にそう思うの？」

「生まれたばかりの公爵級なら、私たち近衛でも倒すことは出来たでしょうね。ただ、城や帝都には相応の被害が出ていたはず」

振り返り、俺は驚愕する。

そこに皇帝陛下と、その側近がいたのだ。

二人とも菜《な》の花色の髪に、紅い瞳をした、スタイルのよい美女だ。

皇帝陛下は腰の辺りまで、側近の方は肩甲骨の辺りまで髪を伸ばしている。

身長はどちらも百七十センチ前後と、女性にしては高い。

皇帝陛下が纏っているのは、黒を基調として、ところどころ白のラインが入った軍服。その側近が着ているのは、それとは対照的に、白を基調にところどころ黒のラインが入った軍服だ。

二人とも、魔術競技大会で見た姿そのままだ。

困惑する俺に代わって、兄さんが二人に話しかける。

「どうしてこんなところにいるんだ？」

それに対して、皇帝陛下たちは気安く返事する。

「邪悪な魔力を感知したからよ」

「あれほど巨大な魔力を感知したら、流石に我々も動かねばなりません」

それにしたって皇帝陛下がわざわざやってくるとは……

基本的に権力者っていうのは危険を冒《おか》さないものじゃないのか？

皇帝陛下は小さく笑って、口を開く。

「それにしても、純粋な悪魔を、こうも簡単に滅ぼすとはね」

側近も感心したように言う。

「ええ。流石としか言いようがありません」

「冒険者時代、Sランクに昇格しないか打診されたのは伊達《だて》ではないわね？　レスリー」

皇帝陛下の言葉に、兄さんは肩をすくめる。

「昔の話だ」

兄さんがSランクに昇格しないか打診されていたという、初耳の情報に思わず驚きそうになったが……それより！

兄さんの口調がかなり砕けているのは、どういうわけだ？

兄さんはかなり親しい相手以外には、丁寧な口調で話す。

つまり、兄さんと皇帝陛下たちには深い繋がりがあるということか？

戸惑う俺に、皇帝陛下は語りかけてくる。

「でも、それ以上に興味深いのは君ね。貴方はレスリーの縁者なの？」

それに答えたのは、兄さんだった。

「弟だ。最近になって里から出てきたんだ。メリオスを拠点に、レイアたちと行動している」

折角紹介してもらったので、俺は頭を下げる。

「初めまして、カイル・アールヴです」

すると、皇帝陛下と側近も優しく微笑み、自己紹介してくれる。

「初めまして、私はミシェル・エーファ・ウルカーシュ。ウルカーシュ帝国を治めている皇帝よ。そして、こっちが私の側近にして親友の――」

「ウルカーシュ帝国近衛隊隊長の、グレイス・ガルディアンと言います。純粋な悪魔を滅ぼし、帝都の危機を救ってくれて、ありがとう」

それを見て、兄さんが、小さな声で呟く。

「……猫を被りまくっているな」

すると二人はすごむように兄さんの顔を覗き込む。

「『何か?』」

しかし、兄さんは気にも止めず答える。

「いや、なんでもない。カイルと仲良くしてやってくれ」

「もちろんよ」

「仲良くしましょうね」

そう言って微笑む皇帝と側近——もとい、ミシェルさんとグレイスさん。

笑顔が魅力的であるのだが……なんだか蠱惑的《こわくてき》に見えてしまうのは気のせいか？

などと思っていると、兄さんが呟く。

「……長年彼氏がいないからって、弟を狙うのはやめてくれよ……」

ミシェルさんとグレイスさんが無言で兄さんを睨みつけると、兄さんは両手を上げて降参の意を示した。

満足気に頷いたミシェルさんとグレイスさんは、俺の方に向き直ると、「「ごめんなさいね」」と頭を下げてくる。

……なんだか背筋がぞくっとするが、気のせいだと思おう。

それよりも、気になったことがある。

「お二人は、どうやってここに？」

先程は慌てていて気付かなかったが、まだここは異空間の中なのだ。

俺や兄さんの許可なく入れないはずである。

すると、実体化した緑の精霊様が、俺の疑問に答える。

「私たちが入り口を開けたんだ。二人は古くからの知り合いなんだ。かつては役目を手伝ってもらったこともある」

そういえば、ミシェルさんとグレイスさんは人間族ではなかったか。

長命な種族なんだな。

精霊様方を手伝っているということは、彼女たちも調停者なのかもしれない。

そうなると、帝国自体も精霊様方と縁がある土地なのかもしれないな。

俺は聞く。

「お二人が精霊様方と知り合いということは、もしかして精霊様方はウルカーシュ帝国の建国に関わっているんですか？」

ミシェルさんとグレイスさんが答える。

「ほとんど正解。でも精霊様方にも協力いただいたけど、他にも力を借りた方々がいるの」

「世界の均衡を保つため、私たちの先祖と、精霊様方、そして『神様』によって作られた国――それがこのウルカーシュ帝国なのよ。今でも神の方々とは交流があるわね」

その言葉に俺は思わず目を見開く。

神は高位存在であり、調停者であっても直接関わることは少ない。

そんな神とまだ交流があるなんて、この二人、やはりただ者ではなさそうだ。

すると、黄の精霊様が実体化してきて、さらに説明してくれる。

「大陸の平和を保つため、強大な国家が必要だった」

更に赤、青の精霊様も現れる。

「そうして創られた帝国の統治を信頼出来るミシェルたちの一族に任せたんだ。まぁ、随分昔の話だがな」

「でも現に今、帝国周辺は安定しているでしょ」

確かに、ウルカーシュ帝国が崩壊したら、大陸西側は大混乱に陥るだろう。

ここまで長い年月一度たりとも国家の崩壊という事態が起こっていないのは、戦いが常に日常の隣にあるこの世界じゃ中々すごいことなのかもしれないな。

そう思っていると、ミシェルさんが手をパンと打ち鳴らす。

「ま、お堅い話はいいでしょう。それよりもレスリー。今年のメリオス校の生徒たちは中々の仕上がりだったわね」

兄さんは、当然だと言いたげに頷く。

「どんな状況にも対応出来るように、徹底的に鍛えたからな。狭い世界の中で威張っているような者たちが、簡単に倒せる子たちじゃない」

それに対して、グレイスさんが困ったような表情で言う。

「私たちも魔術師の意識改革を進めているのですが、特に新興貴族家の者はどうにも傲慢で……」

「やはりか。それはメリオスでも同じだよ」

グレイスさんが呆れたように言う。

「しかも彼らは最近、陞爵《しょうしゃく》するために色々と画策しているんです」

それに関してもあまりメリオスと事情は変わらなさそうだな。

そんな風に思っていると、兄さんが聞く。

「何か対策はしているのか？」

「目に余る行為や犯罪に手を染めた者は、秘密裏に捕縛、もしくは処理しています」

グレイスさんの言葉を、ミシェルさんが補足する。

「実際調子に乗った新興貴族家のいくつかは、すでに潰したわ」

「そうやって見せしめを作ることで、他の奴らに対する牽制《けんせい》を行っているわけだな。しかしそれはやや乱暴ではないのか？」

兄さんは咎《とが》めるようにそう口にしたが、ミシェルさんは毅然《きぜん》と言う。

「民を傷つけようとする者は、この国には必要ない」

そう口にするミシェルさんの姿からは、大陸最大国家である帝国の皇帝としての覇気を感じる。

国の平穏を守るためなら自分の手を汚すことを厭《いと》わない――そういう覚悟を見た。

しかし次の瞬間、ミシェルさんは表情を緩める。

「って、結局湿っぽい話になっちゃったわね。違う話しましょ！　そうね……カイル、レスリーの冒険者時代の話、聞きたくない？」

そうしてミシェルさんとグレイスさんは冒険者時代の話をしてくれた。

兄さんは帝都で冒険者として活動している時に、二人と知り合ったとのこと。

で、その頃の兄さんは結構ギラギラしていたんだとか……とそんな楽しい話が続いたのも三十分程度だった。

話題がミシェルさんとグレイスさんと仕事に関する愚痴にシフトしたあたりから、雲行きが怪しくなる。

そして、ある公爵家の領地に視察に行った時の話をしている最中、二人は子供みたいに取っ組み合いの喧嘩を始めてしまったのだ。

「視察に行くのはグレイスも賛成したじゃない！」

「それはミシェルがエスクード公爵を褒めてたからでしょ！　それなのにデブでアホでハゲな公爵の弟が出てきて、最悪だったわよ！」

……いや、どういう話だ？

色男を求めて視察に行った結果、お目当ての公爵でなく冴《さ》えない弟が出てきたことにキレている、と。

なんとなく話は分かるが、その責任を擦り付け合うなんて、国の長がすることじゃないよな……なんて思わなくもない。

ってかグレイスさん、さっきまでめちゃくちゃ丁寧な喋り方をしていたのに、ミシェルさん相手には、こんなに砕けた感じで話すんだな。

そう驚愕する俺を後目《しりめ》に、ミシェルさんは苦々しげな表情で呟く。

「……忘れていたのに思い出させないで。あいつ、すごい厭らしい表情で私たちを舐《な》めまわすように見てきたじゃない？　思い出すだけで気持ち悪い……」

それを聞いて、グレイスさんの顔まで険しくなる。

「……それは、そうね。暫くの間、吐き気が止まらなかったもの」

そして二人は喧嘩をやめ、今度は互いを慰めだす。

上司と部下というより、まるで仲のいい姉妹だな……。

最初は真面目な人たちと思っていたのだが、親しみやすい（？）一面もあるようだ。

兄さんは慣れているようで、溜息を吐く。

「カイル。そいつらは放っておけ。それよりさっきの戦いについてだが――」

俺たちは慰め合う二人を余所に、反省会を行った。

更に三十分後。

反省会が終わってぼーっとしていると、ミシェルさんたちはようやく会話が一段落したようで、こっちを見てハッとした。

そして誤魔化すように咳払いをしてから、ミシェルさんは真剣な表情で話しかけてくる。

「この事件は私たちが引き継ぐわ。夜も遅いし、二人は宿に戻りなさい……ってそれを伝えるために来たんだけど話が盛り上がっちゃって……ごめんね？」

グレイスさんが続けて言う。

「純粋な悪魔を召喚した二人組を取り逃がしたと、A級冒険者のパーティから連絡を受けて駆け付けたのです。そちらに関しては私の直属部隊に探らせます。何か分かったら、直接伝えにいきますので、お待ちください」

「大丈夫なのか……？　敵は罪のない子供を大量虐殺するほどイカれた奴らだぞ？」

そんな風に兄さんが心配そうに言うのに対して、グレイスさんとミシェルさんは力強い口調で言い切る。

「私たちはそこまで柔ではありません。それに、この件は我が国で起こった問題ですから」

「犯人には、必ず罰《ばつ》を与えるわ」

「それじゃあ、何か分かったら教えてくれ」

そう口にする兄さんに続いて、俺は頭を下げる。

「お願いします」

こうして話がまとまったところで、ミシェルさんが「さて」と手を叩く。

「それじゃあ戻りましょうか」

「敵がまだ近くにいるかもしれませんから、気を付けてお帰り下さいね」

ミシェルさんとグレイスさんはそう言ってから、精霊様方を見る。

「精霊様方、久々にお会い出来て嬉しかったです」

「変わらずお元気そうでホッとしました」

精霊様方は二人に微笑み、手を振って非実体化した。

そして俺たちは異空間から出て、廃教会を後にした。

夜の闇に紛れながら、宿への道を駆ける。

ミシェルさんやグレイスさんと知り合えて良かった。

そう思いながら。

第七話　激戦

純粋な悪魔を倒してから、何事もなく一週間が過ぎた。

オリバーたちは、魔術競技大会を危なげなく勝ち進み、準決勝に駒を進めている。

その準決勝が、これから行われるのだ。

俺たちは、初戦と同様貴族専用の観覧席で、オリバーたちの登場を待つ。

ただ、兄さんだけは『より近い場所で見守りたい』とのことで、試合会場の傍にいた。

しかし、トリトンさんとフォルセさんの表情は暗い。

「ここまで、妨害されるようなこともなければ、暗殺者が襲ってくる兆候《ちょうこう》すらありませんでした。帝国校と当たるのであれば決勝なので、仕掛けてくるならば、そろそろでしょう」

「……そう私とトリトンは思っているわけだが、レイア君の意見も聞かせてくれないかい」

「敵がまだ仕掛けようという気があるのなら、そろそろ動くだろうな。しかも厄介なことに、懸念はそれだけじゃない。カイルたちが出会った邪教徒の連中も気になるな。奴らが誘拐事件の犯人であることは間違いないだろう。ならば、魔術競技大会に目を付ける可能性は高い」

そうか、最悪俺たちは暗殺者と邪教徒の両方を相手にしないといけないわけだ。

「現在、帝都には他国からも家族連れの来賓が来ていますから、考えられますね」

トリトンさんの言葉を聞いて、フォルセさんは、顎に手を当てる。

「……確かにこれだけ大規模なイベントだ。子供たちも多く闘技場に集まっている。しかもこの大会に興味を示して見に来ている子の多くは出場者の血縁か、魔術大学に進学を考えている子だろう。純粋なだけでなく、質の高い魔力を備えているはずだ」

「邪教徒の連中で気になることはそれだけじゃないわ。警戒の厳重な帝都であんなことが出来るなんて、それなりの権力を持つ人物がバックにいるかもしれないわね」

リナさんの言葉を聞いて、レオーネさんに教わったことを思い出した。

つまり――

「帝国には、誘拐事件の解決に向けて積極的に動いていない領主や貴族もいて、それを不審がった皇帝がそれについて秘密裏に調べているって話でしたよね。そこまで躍起になって調べているってことは……その貴族たちが邪教徒の奴らの活動資金を用意したり、都市に忍び込めるよう手引きしたりしているかもしれないって半《なか》ば確信しているとも取れないですか？」

グレイスさんは『この件は我が国で起こった問題ですから』と言っていた。

そういった情報をあの場で俺や兄さんに共有してくれなかったとしても不思議ではない。

すると、フォルセさんは深刻《しんこく》な顔になった。

「確かに、そういった理由なら皇帝がお抱えの近衛兵を動かしてまで調査を行っていた理由としては十分だな。貴族が邪教徒の連中と裏で手を組んでいる可能性は大いにあるね」

フォルセさんに続き、トリトンさんが言う。

「ですが、領主たちが邪教徒に協力する理由が分かりません。そして、そもそも邪教徒の目的すら今のところ分かっていない。一週間前の事件にしたって、悪魔を生み出して結局何をしたかったのか……」

結局それからも議論してみたものの、流石に情報がなさ過ぎて考察のしようもない。

そして、そうこうしているうちに、オリバーたちが出場してきた。

準決勝の相手は、北の辺境地ハリアンの魔術大学の生徒だ。

彼らは予選の段階でもかなり注目されていて、優勝候補の一角だと言われている。

ハリアン校は対人戦闘に重きを置く校風のようで、生徒たちはみんな近接戦闘が上手い。

姉さんがハリアン校の生徒たちを見て、言う。

「レスリー曰く、ハリアン校はここ最近、かなり近接戦闘の鍛錬に力を入れているそうだ。同年代で、近接戦闘も行える者を相手にするのは、オリバーたちにとってもいい経験になるだろうな」

楽しそうな姉さんに対して、フォルセさんは不安げだ。

「オリバー君たちは勝てるのかい？」

「実力を出しきれれば勝てる相手ではあるさ。ただ試合は何が起こるか分からないからな」

姉さんの言葉にリナさんが頷く。

「ここが正念場なのは間違いありません」

《月華の剣》のみんなは、ここ一週間の間も暇を見てはオリバーたちの訓練に付き合っていた。

そんな彼女たちが言うならば、確かな情報なのだろう。

やがてハリアン校の生徒たちも位置につき——試合が始まる。

初戦と違って、今回は序盤から近接戦闘の様相を呈する。

まずこちらのチームはソフィア、シャーロット、アリスが後方で術式を展開している一方で、オリバーとジャックは身体強化を起動し、近接戦闘の準備をし始める。

そしてなんとハリアン校の生徒たちは身体強化を行い——全員で突進してきた。

彼らが狙うのは、ソフィアたち三人だ。

しかし、オリバーとジャックは数の不利をものともせず、それを二人で食い止める。

ソフィアたちは術式の展開速度を落とすことも、魔力を乱れさせることもない。

よほどオリバーとジャックを信頼しているのだろう。

ハリアン校の生徒たちは、時折魔力で武具を作り出してぶん投げてもいるが、それですらオリバーとジャックは焦りすらしない。的確に迎撃していく。

そしてついに、ソフィアたちが展開した術式が起動する。

途端、風、水、雷の三属性の魔術がハリアン校の生徒たちに襲い掛かる。

隣で、姉さんが呟く。

「風で相手の動きと視界を遮《さえぎ》り、水で身体を拘束し、最後に雷で感電させる——か。いい戦術だが、相手も魔術師。当然対処には慣れているだろうな」

姉さんの言葉通り、ハリアン校の生徒たちは魔力障壁を展開して防御を図った。

しかしソフィアたちは、相手だけでなく俺らの想像までも上回る。

そう、魔術はあくまで時間稼ぎ。本命は奇襲である。

相手校の連中が防御に意識を向けた瞬間、ソフィアたち三人は一気に駆け出す。

これは、姉さんたちが複数を相手取る時によく使う手。

最初に前衛と後衛に分かれて戦いつつ相手の動きを見極め、隙ができたと判断した瞬間に全員で接近戦を仕掛けるという戦術だ。

姉さんたちが訓練で見せていたそれを、ぶっつけ本番で試した形らしい。

姉さんが愉快そうに笑う。

「ハハハ！　やるじゃないか！　流石はレスリーの教え子だ！　私たちの戦術を盗むとはな！」

リナさんも感心したように言う。

「動きはまだ少し粗《あら》いけど、切り替えが上手いわ」

「奇襲をかけると、相手の指揮系統が乱れるのよね」

「戦いに不慣れであればあるほど変化に弱い。だから防御や回避に徹している相手が、急に反撃してくるという想定外の事態に直面した際に、隙が生まれる」

そんなユリアさんとセインさんの言葉に、モイラさんも頷く。

「まあ、場数を踏んでいる相手には、この手は通用しないけどな。それでも、ハリアン校の生徒たちには十分通用する戦術だろ」

実際ハリアン校の生徒たちは、オリバーたちが突然迫ってきたことで混乱し、動きを止める。

それを見て、オリバーは強く踏み込む。

そして一番近くにいる敵の懐に飛び込み、拳を振るう。

オリバーの一撃を受けたハリアン校の生徒はダウンし、姿を消した。

それを見て、他のハリアン校の生徒たちは、魔弾を放ちながら後退し始める。

一旦態勢を整えようという算段なのだろうが——腰の引けた敵ほど御しやすい者もない。

オリバーたちは冷静に魔力の盾や魔力障壁を展開し、全ての攻撃を防ぎつつ更に前進する。

すると、相手の一人が出遅れた。

その生徒に狙いを定め、シャーロットが駆け出した。

狙われた生徒はなんとか魔力障壁を展開し、カウンターの構えをとる。

しかし魔力を纏ったシャーロットの右拳がそれを叩き割り、相手の腹部に突き刺さる。

「――くぅ！」

小さい悲鳴が口から漏れた――が、まだ敵はどうにか意識を保っているようだ。

勝負が決まったかと思ったが、ハリアン校の生徒も意地を見せた。

それどころかシャーロットの右拳を掴み、「ハァ！」と気合の入った声とともに彼女の顔面目掛けて拳を振るう。

しかし、シャーロットに焦りはない。

どころか、不敵に笑っている。

「シッ！」

シャーロットは左手に大量の魔力を纏わせ、パンチを繰り出した。

しかし、予想外なことが起こる。

「やらせない！」

――ガンッ!!

硬いもの同士がぶつかったような音が、響く。

声の主《ぬし》は、ハリアン校の別の生徒。

魔弾を放ちながらも魔力障壁を仲間の前に展開して、どうにかシャーロットの一撃を防いでいたのだ。

しかし、シャーロットは引かない。そのまま腰を捻り、拳を無理やり振り抜く。

魔力障壁は砕け、拳は相手の顔面目掛けて進む。

この一連の流れによってロスしたのは、コンマ一秒ほど。

ほとんど同じタイミングでシャーロットと相手の拳は敵の元へ到着する――かに思われた。

相手の拳がシャーロットに気圧されたことでほんの少し軌道を逸らされる。

結局、シャーロットの左頬を僅かに掠《かず》めるだけの結果となった。

対照的に、シャーロットの左拳は相手の右頬を直撃した。

「――ぐあっ！」

小さく悲鳴を上げる相手。

その際に、シャーロットの右拳から手を離してしまう。

シャーロットは叫ぶ。

「まだまだぁ！」

右拳にも魔力を纏わせたシャーロットは、連撃を繰り出した。

なんだかこのコンボ、どこかで見たような……あ！

「あのコンビネーション、モイラさんが教えたんですか？」

俺の質問に、モイラさんはニヤリと笑う。

「シャーロットは筋が良かったからな」

「なるほど。それにしても……えげつないですね。相手の子の心に傷が残らないといいですけど……」

そう口にしながらも俺は視線を戦いへと戻す。

相手は、嵐のような連打に対して、まったく抵抗出来ていない。

シャーロットは連打の果て、綺麗な右ストレートを腹部に放ち、ハリアン校の生徒を吹き飛ばした。

その瞬間、転移の術式が起動し、ハリアン校の生徒の姿が消える。

これで五対三だ。

だが、そんな劣勢でも、先程魔力障壁でシャーロットの相手を守ろうとした生徒は怯んでいない。

「さっきの魔力障壁が破られたのは予想外だったわ……だけど、まだ勝負は終わっていないわ！三人でもやれるところを見せるわよ!!」

どうやらあの生徒がリーダーらしいな。

この状況下で自棄にならずしっかり味方を鼓舞《こぶ》するとは……敵ながら天晴《あっぱれ》だ。

彼女の声によって浮足立っていたチームの足並みが揃った。

「「了解!!」」

二人の生徒たちは、リーダーの言葉にやる気を漲《みなぎ》らせ、魔力を練り上げる。

そんな彼らを見て、オリバーはソフィアたちに声をかける。

「みんな、焦るなよ!! 慎重に戦うぞ!!」

「「「了解!!」」」

それからは一点、魔術合戦の様相を呈する。

ハリアン校の生徒たちは起動速度が速く、魔力消費が少ない魔術をメインに戦うようになった。

人数の不利を補うため、隙を少なくしようとしているのだろう。

オリバーたちも同じように、遠距離から魔術を放つ。

だが、数的不利の影響は大きい。

ハリアン校の生徒たちがじわじわと押され始めた。

そして、とうとうリーダー以外の二人の生徒も医務室に転移させられてしまった。

もう後は彼女を追い詰めるだけ——そんなタイミングで、アリスが口を開く。

「彼女とは一対一でやらせて」

彼女の表情はやる気に満ちている。

オリバーたちはその言葉に頷くと、二人と距離を取った。

アリスは左手に魔力の弓を生み出し、ハリアン校のリーダーは両手に魔力の剣を生み出す。

そして、両者同時に前方に駆け出した。

会場がどよめく。

剣を手に接近戦を仕掛けるのは常識的な行動だ。

しかし、弓を手に特攻するなど、中々見られる戦術ではない。

アリスは走りながら、無数の魔力の矢を生み出す。

そして流れるような動きで弓に矢を番《つが》え、高速で連射し始めた。

放たれた矢は魔力で出来ているため、アリスの意思で自由に動かせる。

その予測不能な動きと迫りくるアリスを見て、ハリアン校のリーダーは顔を顰めた。

俺は、ユリアさんを見る。

「あれはユリアさんが教えたんですね。動きながら弓を射《い》るのは、相当難しいですよね？」

「でも、出来るようになったら戦術の幅が広がるわよ。出来たら面白いなーってくらいで、そんなに期待していなかったのだけれど……物にするなんてね。あの子、センスあるわよ」

「それはそうかもしれませんが、ユリアさんの教え方も良かったんでしょうね」

「そうでしょう、そうでしょう」

ユリアさんは機嫌良さそうにウンウンと頷いた。

動きながら弓を射るのは、想像よりも遥かに大変だ。

それをこの短期間で身に付けるとは、俺としても正直驚きである。

俺もユリアさんほど上手くできるかは別として、弓を使った戦い方をすることがあるから分かる。

『弓を使う者は、どんな体勢だろうと矢を放てなければ二流』

これは俺がルイス姉さんに教わった言葉だ。

足場、視界、立ち位置。戦場においてその全てが万全である保証なんてない。

そんな中でも確実に弓を放つことが出来て初めて、一流と呼ばれるようになるのだ。

だが、アリスはすでにその領域に手をかけている。

俺が感心していると、ユリアさんは「でも、ここまであの子も苦労していたみたいよ」と口にする。

アリスは兄さんが教えている生徒の中でも、体の動かし方が群を抜いて上手かった。

だが、明確な自分の武器を見出せず、悩んでいた。

しかしユリアさんの弓術を目の前で見てビビッときて、教えてくれと頼み込んできたらしい。

そんな話をしていると、フォルセさんが言う。

「しかし、それだけすごいあの連撃を防ぐなんて……ハリアン校のリーダーも相当な力量だね」

トリトンさんも頷く。

「そうですね。ハリアンの将来が楽しみです」

「だけど――アリス君のセンスはやはりその上を行っている」

センス……か。確かにこの成長速度の速さを説明するにはその言葉しかないな。

そう、アリスはこの戦いの中で進化していっているのだ。

アリスは最初、魔力の矢を一本ずつ番え、放っていた。

しかし、今は一度に複数の矢を同時に放っている。

それだけではない。

今までは無属性の矢だけを使っていたが、それ以外の属性の魔力の矢も織り交ぜ始めたのだ。

ハリアン校のリーダーは、段々対応できなくなり――僅かに動きが遅れた瞬間、雷属性の矢を額に喰らってしまう。

その瞬間、大量の雷が放出され、彼女は意識を失った。

アリスの、勝利だ。

会場が物凄い歓声に包まれる。

オリバーたちはその中で喜びを露《あら》わにし、ハイタッチしている。

兄さんも五人に駆け寄り、その輪の一員になった。

やがて、オリバーたちは堂々と胸を張って闘技場を出ていった。

さて、これで残るは決勝戦だけだ。

しかし、まだ気を抜くことは出来ない。

妨害が入る危険性はまだある。

だが、たとえどんなことが起きても彼らを絶対に守り切らねばな。

オリバーたちもフォルセさんも、絶対にメリオスに帰す――そう俺は決意を新たにするのだった。

第八話　暗殺者

準決勝があった日の夜。

獅子の鬣亭を目指す、十三人の敵意ある魔力を感知した。

彼らは陣形を組んでこちらに迫って来ている。

このやり方は以前俺たちを尾行していた奴らと同じだ。

恐らくこれから来るのは、学生たちを狙う暗殺者の集団だろう。

事前に予想はしていたが、いよいよか……という感じではある。

とはいえ、予《あらかじ》めこういった事態が起こってもいいよう全員起きていた上に、どう敵を迎え撃つかを打ち合わせていて良かった。

まず宿を守るチームと、宿の外に出て敵を迎撃するチームに分かれる。

前者は兄さんと、宿の従業員である、腕利きの獣人たち。

そして、後者は俺と《月華の剣》のメンバーと――もう一人。

彼は言う。

「儂のことは気にせず、好きなように暴れてくれ」

俺たちと共に暗殺者を待ち受けるのは、獅子の鬣亭の支配人たるレオーネさんだ。

彼からは、覇気と殺気が溢れている。

ちなみに獅子の鬣亭とその周囲には、強固な結界を展開しているので、俺たちが多少暴れても問題ない。

敵の侵入を防ぐ結界を張ってもいいが、問題を先延ばしにするだけでしかない気がするしな。

「私が本気を出したら、宿が壊れるかもしれんぞ？」

姉さんが冗談っぽくそう言うと、レオーネさんは豪快に笑う。

「ハハハッ！　みんなに被害さえなければ宿くらい壊れても構わんさ！　宿を再建するくらいはわ

けないしな！」

――と、その時。

敵が結界内に侵入してきたのを感知した。

「来るぞ」

姉さんが真剣な表情でそう言った。

その言葉通り、黒い影が一斉に現れる。その数、十三人。

そいつらは全員黒いマントで全身を覆い、更に黒いフードとマスクで顔を隠している。

視線が一斉に俺の方を向く。

かと思ったら、音もなく何かが飛んできた。

恐らく黒く染め上げられたダガーか何かだろう。

この統率の取れた動きを見るに、事前に示し合わせていたんだろうと分かる。

そして一番最初に俺を狙ってきたということは……情報収集はバッチリなようだな。

レオーネさんは一線を退いているとはいえ、かつて『黄金の獅子』と呼ばれた伝説の冒険者だ。

その上姉さんたち《月華の剣》は既に帝国中にその名が響いている。

『まずは弱い奴を殺し、こちらの戦力を落とす』という作戦を立てた上で攻め込んできて、低ランク冒険者である俺を狙ってきたということなのだろう。

……だがこの首、簡単に獲れると思われちゃ困るな。

俺は意識を研ぎ澄ます。

俺に向かって投げられた何かからは魔力を感じない。

魔力感知で軌道を読むのは不可能か。

だが、それが空気を切り裂く音はハッキリと聞こえるぞ！

「——！」

俺はその場から動かず、愛剣である二振りのショートソードで、飛来物を全て叩き落とす。

それを見た十三人の暗殺者たちは一瞬動揺したが、すぐに次の行動に移った。

俺を最優先で狙うのを止め、二人一組に分かれる。

この一瞬で俺がそれなりに出来る奴だと評価を改めたのか？

判断の速さから、敵も歴戦だと分かる。

すると、各々が先程投擲《とうてき》してきた物と同様黒く染められた武具を手に取り、接近してきた。

それを見て、レオーネさんは口角を上げ、全身からバチバチと電気を発する。

「さあ、久々に暴れるか！」

激しく放電し、光り輝くその姿は、黄金の獅子と呼ばれるに相応しい。

レオーネさんはそのまま、二人の暗殺者に向かっていった。

「さて、私たちもいくぞ」

姉さんの言葉に《月華の剣》全員が返事をする。

「「「了解!!」」」

そして彼女たちもそれぞれ、暗殺者の迎撃を始めた。

流石に有名なレオーネさんや《月華の剣》に人員を割いた方がいいという判断を下したのだろう、俺の目の前に残った敵は、一人。

「……」

目の前のコイツは十三人の暗殺者の中で最も綺麗に魔力を纏っていた。

この男こそが、他の十二人の暗殺者を束ねるリーダーなのだと確信できる。

他は二人一組であるのにもかかわらず、こいつだけは一人。

一対一でも俺に勝てる自信があるということか。

そんな風に敵を観察していると、暗殺者のリーダーは両手にそれぞれショートソードを握る。

そして、自身の肉体と二振りのショートソードの刃に魔力を纏わせて、強化した。

一歩踏み込んできた――かと思った瞬間に敵は既に目の前に立っていた。

ショートソードが音もなく振るわれる。

俺はそれを背中を反らして躱した。

すると今度は、俺の胴体めがけてショートソードを振るってくる。

俺は背中を反らした勢いのまま、バク宙することで回避。

ついでに飛び上がる寸前に敵の左腕をショートソードで切り上げる――が、それは読まれていた。

二振りのショートソードを体の前でクロスさせることで防御されてしまう。

金属同士がぶつかる甲高い音が響く。

強い衝撃が両腕に伝わる。

「――ハァッ！」

俺はそう声を発しつつ、両腕に更に力を込め、二振りのショートソードを振り抜く。

敵は後方へ下がり、俺はその間に体勢を整えた。

相手の表情を見るに、余裕そうって感じだな。

俺はニヤッと笑って、敵に向かって駆け出した。

◆　◆　◆　◆

儂――レオーネは血が滾《たぎ》るのを感じていた。
久々に暴れられそうだな。ワクワクするぞ。

そう思いながら、儂は改めて相対する二人の暗殺者を観察する。

彼らには濃い死の気配と、血の匂いが染みついているな。

相当な数の命を奪ってきたのは、間違いないだろう。

目を凝《こ》らして見ると、敵の持っている武具はそれぞれ短槍《たんそう》と、ロングソードだと分かる。

一撃が重たいが、振るう際に隙が生じやすいロングソードの弱点を、小回りの利く短槍で補う形か……中々に、考えられた組み合わせだな。

そう思っていると、暗殺者たちは動き出した。

ロングソードを持つ暗殺者が先行しており、短槍を持つ暗殺者がそれに続く。

どちらの刃も魔力を纏っている。

「シッ‼」

ロングソードを持った暗殺者が、腹部を狙って右薙《な》ぎにロングソードを振るってくる。

ブレのない、綺麗な軌跡《きせき》だ。

儂は、しかしその一撃を、腹部で受けてみせた。

「⁉」

僅かに驚きの声を上げる、ロングソードの暗殺者。

ロングソードの刃は儂の腹部を切り裂くことなく、そのまま止まっている。

まさかこのような結果になるとは、思っていなかったのだろうな。

「老いたとはいえ、黄金の獅子をこの程度の一撃で傷つけられると思ったか？」

儂の言葉に、暗殺者どもは瞳に恐怖の色を浮かべて距離を取る。

しかし、流石は腕利き。

すぐに落ち着きを取り戻し、攻め方を変える。

今度は二人で一斉に積極的に仕掛けてくる作戦のようだ。

……ふむ、見事な連携だな。

しかし儂はそれらを、最小限の動きで避ける。

焦ったのだろう、二人の暗殺者は身体強化を起動させ、更には魔術も織り交ぜ始める。

だが——遅すぎる。

「フンッ！」

儂は超高速で二人の正面に移動し、拳と蹴りを叩き込む。

「ガッ！」

「グッ！」

暗殺者はそれぞれそんな風に声を上げ、地面を転がりながら後方へ吹き飛んでいった。

先に体勢を整えたのは、ロングソードを持つ暗殺者。

刃に魔力を込め、その場で振るう。

大量の魔力の刃が、こちらへと飛んでくる。

仲間が体勢を整えるまでの、時間稼ぎをするつもりなのだな。

儂は両拳に雷属性の魔力を纏わせ、大量の魔力の刃に向かって放つ。

「ハァッ‼」

それによって、魔力の刃は全て消し飛んだ。

だが、敵は目的を果たした。

短槍の暗殺者が起き上がったのだ。

暗殺者どもはまたしてもこちらへ駆けてくる。

その最中、ロングソードの暗殺者が魔力の刃を飛ばしてくる。

暗殺者どもは、距離を詰めたところで左右に分かれた。

魔力の刃を迎撃する儂を左右から挟む算段だな。

「「――――！」」

二人の暗殺者はロングソードと短槍の切っ先に魔力を集中させ、儂の脇腹を狙って高速の突きを放ってきた。

「フッ！」

儂は尻尾の先に魔力を集中させて強化し、尻尾を地面に叩きつけた反動で勢いよく真上に跳び上がる。

だが、儂の動きを見た二人の暗殺者はすぐに次の動きに移る。

儂を追いかける形で奴らも跳躍してきたのだ。

とはいえ、なんの策もなく跳ね上がるほど、儂は馬鹿ではない。

儂が空中で攻撃された際の対処法は、単純明快《たんじゅんめいかい》。

目にも留まらぬ速さで空気を蹴り、躱す。それだけだ。

儂は右脚で空気を蹴り、更に上へ跳び上がった。

「「⁉」」

暗殺者どもが息を呑んだのが分かる。

しかし、奴らはすぐにロングソードと短槍を投擲してくる。

儂は言う。

「反応と狙いはいいが、空中を自在に動ける相手に対して得物を手放すのは不用意だ」

両脚で空気を蹴り続けて、ロングソードと短槍を難なく避け――柄を掴んだ。

そして大きく振りかぶってから、持ち主の元へ思い切り投げ返してやる。

それらは、空気を切り裂きながら目にも留まらぬ速さで突き進む。

そして、ロングソードは一方の右脇腹に、短槍はもう一方の左肩に突き刺さった。

黒い服とマントが赤黒く染まる。

儂はその様子を見ながら、着地する。

暗殺者どもは痛みに耐えながらも、体に突き刺さった自らの得物を、躊躇なく引き抜く。

傷口から血が勢いよく噴き出すが、奴らは声を発することすらなく回復魔術で傷を塞《ふさ》いだ。

そして、懐から取り出した丸薬《がんやく》を口にする。

造血効果のある薬か。

とはいえ、怪我の影響はゼロではない。

その証拠に、二人の暗殺者の動きが先程よりもほんの僅かに鈍っている。

ここを逃す手はないな。

儂がそう思い、一歩踏み出した瞬間。

二人の暗殺者が再び懐から何かを取り出した。

……まさか、あれは狂化薬《きょうかやく》か⁉

身体機能の限界を超え、儂ら獣人に匹敵する身体能力を得ることが出来る薬だったはずだ。

しかし、絶大な効果を得るには、それ相応の代償を支払わなければならない。

狂化薬を飲んだ者は、その効果が切れた瞬間、全身に走る激痛によって地獄の苦しみを味わう。

それだけでなく、長期間、魔力を練り上げられなくなるのだ。

運が良ければ、半年から一年で元の状態に戻れることもあるが、最悪の場合は後遺症が残り、一生魔力を扱うことが出来なくなることすらあるらしい。

そうなれば、戦士としても魔術師としても生きていけなくなる。

「……それほどの覚悟というわけか」

儂の呟きに対して、暗殺者どもは初めて口を利いた。

「当然だ」

「我々に失敗は許されない。成功させるためには、どのような手段でも用いる」

そして、躊躇《ためら》うことなく狂化薬を口にした。

ならば儂は、その覚悟に応えよう。

儂はこの身に宿っている獣の因子を解放し、獅子の力を発現させた。

獣人はその身に宿す獣の力を解き放つことによって、一時的に自身を強化出来るのだ。

獣の因子を解放したことにより、白かった髪と尻尾の先が山吹色《やまぶきいろ》に変わる。

瞳も鈍色《にびいろ》から金茶色になったはずだ。

そして儂は暗殺者どもの方を見る。

二人の暗殺者の魔力の質が一気に高まり、服の隙間からかすかに見える肌に血管が浮いているのが分かる。
そして、先程儂が敵の得物で刻んでやった傷が完璧に塞がっているではないか。
ふん、面白い！
儂は吠《ほ》える。
「それじゃあ、始めるかの！」
「「――！」」
暗殺者と儂は互いを目掛けて、真っ直ぐに走る。
先手を取ったのは、暗殺者どもだ。
ロングソードと短槍を、目にも留まらぬ速さで振るってくる。
その息つく間もない連撃を、儂は拳と脚で受け続ける。
敵の攻撃は先程とは比べ物にならないほど、速く、威力も高い。
だが、それでも捌《さば》けぬほどではない。
やがて、鍔迫《つばぜ》り合いのような状態になる。
儂は敵の得物を跳ね上げてから、気合を込めて右脚を蹴り出す。
「セイッ！」
だが、二人の暗殺者も体勢を一瞬で整え、力の入った一撃を放ってくる。

「「ハァッ！」」

激しい音が響いた。

しかしそれは、ロングソードと短槍の刃が砕け散る音。

恐らく、狂化薬によって向上した身体機能に、武具がついてこられなかったのだ。

儂の蹴りは、ロングソードをへし折った勢いのまま、持ち主の首に叩き込まれる。

ロングソードの暗殺者は、盛大に吹き飛んでいった。

しかし、それで手を緩める気はない。

そのまま流れるように、短槍を持つ暗殺者の心臓目掛けて左拳を叩き込む。

肋骨を砕いた感触を得る。

一拍置いて、短槍の暗殺者も後方に吹き飛んでいた。

だが、暗殺者たちはすぐさま起き上がってきた。

狂化薬の影響で、首が折れようが、肋骨が砕けようがすぐに再生するのだろう。

二人の様子からして、痛みも感じないのかもしれない。

彼らは折れた武具の柄から魔力の刃を伸ばし、何事もなかったかのようにまたしてもこちらへ向かってくる。

まぁ何度向かってこようと結果は変わらないがな。

儂は、先程と同様拳と脚を武器に立ち回り、着実に一撃を加えていく。

暗殺者どもは攻撃を喰らう度に再生する——が、その度に段々と理性を失っているようで、魔力の流れはどんどん荒くなり、表情も荒々しさが前面に出るようになってきた。

理性を失いつつあってもなお、暗殺者として磨いてきた技の数々と、相棒との息の合った連携は獣のような声を上げ、暗殺者どもは攻撃を仕掛け続ける。

「「オォオオオオ！」」

そう簡単に手放せないらしい。

二人はコンビネーション攻撃を仕掛けてくる。

しかしそれだってずっとは続かない。

二人の力が強くなりすぎたために、ロングソードと短槍の柄が握り潰されてしまったのだ。

だが、相棒たる武具が壊れようとも、暗殺者どもは気にする素振りすら見せない。

ただ本能のままに、拳や脚を使って攻めてくる。

その表情は獣そのもの。

暗殺者どもは、完全に理性を失ったようだ。

攻撃が激しく、重くなる。

威力だけならば、獣の因子を解放した儂にも匹敵するほど強くなっている。

だが、それだけだ。
儂は先代陛下から、恐れ多くも『黄金の獅子』の異名を賜《たまわ》った。
狂化薬によって得た技も心もない強さに、敗北することは万に一つもない。
儂は挑発する。
「もっと意地を見せてみよ！」
「「ラァアアアア！」」
暗殺者の攻撃の速度と威力は、どんどん上がっていく。
もうそれは、自分たちに制御できる領域をとうに超えている。
彼らが一撃を放つごとに、皮膚が裂けて、血が勢いよく噴き出す。
その傷はすぐに再生されるが、次の一撃を放つとまた皮膚が裂け、血が噴き出す。
やがてその自壊は、骨にまで波及する。
それでも、暗殺者どもは止まらない。
全身を血だらけにしながらも、儂を殺そうと動き続けるのだ。
「相も変わらず、ふざけた効能の狂った薬だ！」
儂はそう叫ぶと、より激しく放電する。
練り上げた高密度の魔力が可視化されたのが、この雷だ。

儂はそれを、両拳と両脚に集中させた。

「こっちからもいくぞ！　オラァァアアア！」

そう口にして、雷を纏った拳と蹴りを、二人の暗殺者の全身に連続で叩き込む。

一撃二撃与えた程度では、すぐに再生されて終《しま》いだ。

だから、再生する間もない速度で、徹底的に体を破壊する！

儂はひたすら腕と脚を動かし続ける。

二人の暗殺者は体を破壊されているにもかかわらず、それに対抗しようとする。

いや、こっちの方が押している！

このままいくぞ！

そう思いながらも攻撃を続けていると――二人の暗殺者に変化が起きた。

彼らの瞳から光が消えたのだ。

暗殺者どもは、ただ立ち尽くす。

恐らく、体を再生させすぎたことで、心身が限界を迎えたのだろう。

儂は暗殺者どもから少し離れて、言う。

「名も知らぬ暗殺者たちよ。今楽にしてやる」

仮に狂化薬の効果が切れたとしても、ここまで行き着いてしまえば廃人になってしまうだろう。

ならばここで命を終わらせ、戦いに殉《じゅん》じた男たちとして葬《ほうむ》ってやる。

儂はこれまでで一番高純度の雷属性の魔力を練り上げ、それを圧縮して右拳に纏わせる。

右拳が一際激しく、放電を始める。

ゆっくりと息を吐きながら腰を落とし、雷速の一撃を放つ。

「【獅子吼《ししく》】」

放たれた右拳から、雷で構成された獅子の頭部が現れた。

咆哮《ほうこう》を上げ、二人の暗殺者に向かって真っ直ぐに進んでいく。

それは暗殺者どもに触れた瞬間、二人を包み込み、全身を焼き尽くしていく。

今もなお再生は続いているが、回復速度を上回る速さで超高電圧の雷が奴らを攻め立てる。

再生と破壊の勝負が延々と続くかと思われたその時、ついに狂化薬の効果が切れた。

異常なまでの再生能力を失った二人の暗殺者の体が、急速に炭化してボロボロと崩れていく。

そして、二人の暗殺者の体が全て炭化したところで、獅子の頭部も消滅した。

「……さて、レイアたちはどうしているかの？」

勝負の決着がついたことで一息吐くと、儂は一人、そう呟いた。

◇　◇　◇　◇

……あれが、『黄金の獅子』と呼ばれる所以《ゆえん》か。

俺――カイルはレオーネさんの戦いを見て、彼がなぜ『黄金の獅子』と呼ばれるのか理解した。

中でも興味深かったのは、レオーネさんが宿している獣の因子の力。

ユリアさんも竜の因子を持っており、それを解放して己を強化出来る。

しかし、レオーネさんの力は桁違《けたちが》いだった。

ユリアさんから聞いた話だと、獣の因子は竜の因子同様に制御が必要なほど強力で、鍛錬によって引き出せる力の量が変わる代物だとのこと。

恐らくだが、レオーネさんはその全てを使えるのだろうな。

だが、先程の戦いでは獣の因子を完全に解放してはいなかった。

レオーネさんが獣の因子を完全に解放したら、どれだけの強さになるのか、想像もつかないな。

「……戦いの最中によそ見をしながら、これほどの強さとはな」

そう口にしたのは、現在進行形で俺と戦っている暗殺者である。

彼のショートソードはすでに刃毀《はこぼ》れしており、彼自身も全身傷だらけである。

「まあ、これでも鍛えているんで」

俺がそう返すと、暗殺者のリーダーが「ふざけたことを……」と言って苦笑する。

暗殺者のリーダーは優れた戦士であったが、剣士としての技量は俺の方が一段上だった。

とはいえ、これは本当に彼の全力なのだろうか、という疑問はある。

先程から彼の戦い方からは、どこか諦めを感じるのだ。

とはいえ、それも無理からぬ話ではあるか。

俺は周囲を見回し、尋ねる。

「貴方は、狂化薬を飲まないんですね？」

「……今更私一人が飲んだところで、仕事を完遂できないだろう」

そう、今生き残っているのは、俺の前にいる、暗殺者のリーダーだけ。

他の十二人の暗殺者たちは狂化薬を飲んだが、結局レオーネさんや姉さんの方が実力が数段上だった、という話だ。

とはいえ姉さんたちが加勢してくることはない。

一度引き受けたなら自分で倒せ、ということだな。きっと。

目の前の彼も狂化薬を飲むのではないかと思っていたが……そうはならなさそうだ。

暗殺者のリーダーは落ち着いた口調で言う。

「それに、私はあいつらを率いる者。仲間の最期を見届け、それに対する責任を取る義務がある。そのためには、理性を保っていなければならない。故に、私は最初から狂化薬を飲むつもりはなかったんだ」

暗殺者のリーダーがそう言って、高純度の魔力を練り上げる。

そして、両手に携えたショートソードの刃に纏わせた。

その魔力の質は、これまでより一段高い。

「……我々も、決着をつけよう」

俺もそんな相手の言葉に答えるように、ショートソードの刃に魔力を集中させる。

そして、俺らは互いに相手に向かって駆ける。

ショートソードが、激しくぶつかる。

ひりつくような緊張と、死の気配を感じる。

一つでも間違えれば、死が俺を冥府へ導く——そんな予感すらある。

それから俺らは、息つく間もない剣戟《けんげき》を繰り広げる。

ショートソードの刃がぶつかる甲高い音だけが、静寂の中に響く。

俺は右手を閃《ひらめ》かせる。

「——フッ！」

暗殺者のリーダーが左手に持つショートソードの刃が、綺麗に切断される。
だが、暗殺者のリーダーは、右手に持つショートソードを振るう。
「――ハァッ！」
それに対して、俺も左手を閃かせた。
互いの刃がぶつかり、再び澄んだ高い音が響く。
しかしそれによって、敵のもう片方のショートソードも切断された。
「……ここまでか」
暗殺者のリーダーはそう言って、柄だけになった自分の武具を手放す。
そして両腕を挙げて、降参のポーズを取った。
……戦いを終わらせろということか。
これが彼なりの責任の取り方って奴か。
相手の意図を察した俺は、左手に持つショートソードを逆袈裟《ぎゃくけさ》に振るった。
暗殺者のリーダーの体から血が噴き出し、倒れる。
彼は、絶命する。
そして周囲には沈黙が広がった。

二時間が経った。
俺たちはそのあとも暫く警戒を続けたが、更に刺客が送られてくることはなかった。
姉さんが襲撃は完全に終わったと判断した。
もっとも、だからと言ってじゃあ屋敷に帰って休もうかとはならないわけだが。
流石に今日は夜を徹して警戒に当たるべきだろう。
改めて、周囲を見渡す。
残った死体は一つ。暗殺者のリーダーの物だけだ。
他の暗殺者たちは狂化薬を飲んだため、姉さんたちが塵《ちり》も残さずに消滅させている。
俺は暗殺者のリーダーの死体に浄化の魔術をかける。
そしてポーチの中から大きな布を取り出すと、死体に丁寧に巻きつけていった。
これで、彼がアンデッドとして蘇《よみがえ》ることもないだろう。
「この死体はどうする？」
姉さんが、レオーネさんに問いかける。
するとレオーネさんは、「儂に任せろ」と言って懐から小さな笛を取り出した。
そして魔力を込めてそれを吹き、数秒後。
熊人族の獣人を先頭にして、獅子の鬣亭から数人の獣人たちがやってきた。

「いつものように頼む」

レオーネさんがそう言うと、熊人族の獣人が頷く。

「分かりました。みんな、いくぞ」

「「「「おう」」」」

熊人族の獣人が暗殺者のリーダーの死体を数人の獣人と共に担ぎ、どこかへ持っていった。

レオーネさんが説明してくれる。

「ここには色んな奴が泊まるから、今回のように敵襲を受けることは少なくない。その時に出た死体は仲良くしている馴染みの教会で、弔《とむら》ってもらうことにしているんだよ」

「暗殺者の死体なんて、どこも引き受けたがらないだろう？　大丈夫なのか？」

姉さんの疑問に、レオーネさんが笑いながら答える。

「安心しろ。そこを仕切っている婆さんは剛胆《ごうたん》でな。どんな過去を持つ死者でも弔ってくれるんだ」

レオーネさんが断言するのならば、安心してもいいのだろう。

姉さんたちもそう思ったのか、それ以上何も言わなかった。

代わりに、レオーネさんが口を開く。

「それにしても、みんないい腕をしておるの。レスリーが自慢するだけある」

あれだけの腕を持つ戦士にそう評価してもらえるなんて、素直に嬉しいな。

姉さんも上機嫌に言う。

「レオーネこそ、引退したと言っていたが、まだまだ現役のようじゃないか」

リナさんも明るく声を上げる。

「流石は、冒険者が憧れる『黄金の獅子』です」

モイラさんたちも頷いていた。

その言葉を聞いたレオーネさんは、「よせ、照れるだろ」と後頭部を掻く。

それから俺たちは、戦闘によって汚れてしまった外庭を徹底的に浄化して、レオーネさんの冒険者時代の話を聞かせてもらうことにした。

◆　◆　◆　◆

時は、カイルたちが暗殺者たちと戦っていた頃にまで遡《さかのぼ》る。

かつてカイルが純粋な悪魔と戦った薄暗い廃教会の地下では、マントを纏い、フードで顔を隠した者たちが話し合いをしていた。

男が二人、女が二人の計四人。

その中には、純粋な悪魔を生み出す儀式をしていた二人組もいる。

「まさか、儀式が失敗するとは思いませんでしたねぇ」

小柄な男の言葉に答えたのは、スラリとした高身長の女だ。

「いえ、儀式は成功していました。どの爵位で生まれたのかは分かりませんが、贄の質が非常に高かったことから、相応の力を持った悪魔が生まれたのは間違いありません」

すると、筋骨隆々な男が首を捻る。

「では、生まれたあとで滅ぼされたのか？　あの場には、大剣使いの男たちしかいなかったはず」

最後の一人、左腰にロングソードを差した剣士の女が口を開いた。

「つまり、あの場にはお前たちが感知出来ないほど、気配を隠すのが上手い、腕の立つ奴がいた可能性がある。そいつが、生まれたてとはいえ爵位の高い悪魔を簡単に倒したんだろうさ」

小柄な男が顔を顰める。

「……確かに、それほどの腕を持つ者ならば、私たちも感知出来ないでしょうが……」

その言葉を最後に、重たい沈黙が横たわる。

帝都で行われる実験のために元々別々で行動していた二人組が二組集められた。

それがこの四人である。

つい先日二組は出会ったばかりだが、その短期間でも互いが実力者であることは理解した。

それほどの者が感知できない者が、少なくとも一人は帝都にいる。

そのことに四人は恐怖を覚えた。

「……相手の正体が分からないというのは危険ですね。ただ、実験を行うためにはあの計画を進めなくてはいけません。そちらには変更はなし、ということでよろしいでしょうか？」

小柄な男がそう言うと、大柄な男、高身長の女、剣士の女が頷く。

「異議なし」

「ええ」

「私も異議はない」

小柄な男は満足そうに頷く。

計画はどのようなことがあっても上手くいく——それは、四人の中での共通認識である。

その理由として、彼ら以外にある男が参画することが挙げられる。

「実験の成果を確認するのは、魔術競技大会の決勝です。その日なら、皇帝とその右腕も観戦に来るでしょう。出来ることなら二人とも……最悪でもどちらかの命は奪いたいですね。折角あの男を煽って連れてきたのですから」

小柄な男の言葉に、高身長の女と大柄な男は苦々しい表情を浮かべる。

「一週間前の儀式で使ったのは、一年かけて集めた魂と肉の贄のうち三ヶ月分。あの男の実験で残りを全て使うのですから、それなりの成果を出してもらいたいものです」

「純粋な魂を持つ子供を集めるのは苦労する」

するとと、二人を窘めるように、女剣士が口を開く。

「私たちは、実験の記録を持ち帰れさえすれば、それでいい。あとの面倒事は、あの器の小さい男に任せればいいんだ」

その言葉に、残りの三人が頷く。

「次に我々が集まるのは、魔術競技大会の決勝が行われる日。今回の実験と計画が功を奏せば、我らの神がより強い力を手にすることができる。その歴史的な日を共に見守りましょう。流れる血と悲鳴は、我らの神にとって、栄華の礎《いしずえ》になるのですから！」

小柄な男が興奮しながらそう声を張り上げた。

しかし、すでに高身長の女と剣士の女の姿はない。

転移魔術で拠点へと移動してしまったのだ。

無視されたことに、小柄な男は憤《いきどお》り、それを大柄な男がなだめる。

暫くすると、小柄な男はなんとか冷静さを取り戻し、言う。

「……あの二人のこと、どう思いますか？」

「いざという時、向こうはこちらを切り捨てるつもりだろう」

それを聞いて、小柄な男が愉快そうに笑う。

「私たちも同じことを考えていますから、まあ、そうでしょうね」

小柄な男は続ける。

「我々の目的は、我らの神がこの世界を手にすること。私たちの命はそのためだけにある。その思想は彼女たちだって同じなはず。もし死ぬことになったとしても、本望でしょう」

それは紛うことなき、彼らの本心。

そう、彼らは死を恐れない。

なぜなら、死したあとに信仰する神の元に行けると信じているからだ。

だからこそ、無茶や無謀も平気で押し通せる。

大柄な男は静かに頷いてから、言う。

「なんにしても、あの男次第だ」

「そうですね。あの男は一流の道化《どうけ》。それなりに楽しませてくれるでしょう」

「そうだといいがな」

小柄な男は、大柄の男の返しにニヤリと笑った。

しかし、すぐに真剣な表情を浮かべる。

「ともあれ、目下警戒すべきは姿を見せぬ実力者です」

「邪魔してくるのは間違いないだろう。我々に関しても、どこまで掴んでいるか分からない」

「実験の最終段階の日まで、大人しく身を隠しておきましょうか」

「いいのか？」

大柄な男がそう問いかけると、小柄な男は頷く。

「やるべきことは全て終わらせています。どっちみち、私たちに出来るのは待つことだけです。では、拠点に戻りましょうか」

「ああ」

小柄な男と大柄な男は地上へ戻り、周囲を念入りに見回ってから、廃教会を出て拠点へと戻った。

第九話　決勝と乱入

準決勝から、二日後。

ついに今日、魔術競技大会の決勝が行われる。

俺たちは先日と同じように、貴族用の観覧部屋で、オリバーたちが登場するのを待っている。

ちなみに、決勝は各校の先生も一緒に入場することになっているらしく、兄さんは今日もこの場にいない。

ウキウキした表情で、フォルセさんが姉さんに問いかける。

「オリバー君たちの調子はどうだい？」

「絶好調だ。相手がどう対策してきたとしても、問題ないだろう。何せ、私たちが全力で鍛えたからな」

決勝までの二日間、オリバーたちは改めて姉さんたちの指導を受けていた。

そして、彼らは無事、姉さんたちの厳しい鍛錬を乗り越えた。

トリトンさんは、姉さんたちとオリバーたちの鍛錬の様子をちょくちょく見に行っていた。

その時の光景を思い出したようで、「あれはすごかったですな」と言いながらウンウンと頷いている。

その隣で、フォルセさんは心配そうな表情を浮かべる。

「体は壊してないだろうね？」

「当然だ。鍛える相手の体を壊すなど、二流どころか三流だ」

そう答えて、胸を張る姉さん。

まぁヘクトル爺やルイス姉さんの鍛錬を受けている姉さんが、無理をさせて体を壊すような鍛錬をさせることなど、ないだろうな。

そんな会話をしていると、場内が騒がしくなってきた。

やがて、モイラさんが口を開く。

「レイア、オリバーたちが出てきたぞ」

それと同時に、場内が大きな歓声に包まれる。

フォルセさんとトリトンさんが、嬉しそうに微笑む。

「みんな、いい顔していているね」

「気力も体力も十分といった様子ですな」

オリバーたちに続いて姿を見せた兄さんは、いつもと変わらず落ち着いていた。

教え子の勝利を、微塵《みじん》も疑っていないという様子だ。

続いて反対側の選手入場口から、決勝戦の相手である帝都校の生徒と先生が現れる。

男子生徒が三人、女子生徒が二人という組み合わせか。

人を見た感じの印象で判断するのは良くないが、プライドがものすごく高そうだな……。

彼らがオリバーたちに向けている視線は侮蔑《ぶべつ》の色が強い。

先生も兄さんを射殺さんばかりに睨《ね》めつけているし。

だが、オリバーたちも兄さんも、特にそれを意に介した様子はない。

その態度に帝都校は怒り心頭みたいだ。

二校の間に一触即発《いっしょくそくはつ》の空気が流れたが、観覧席の最上段に座っていたミシェルさんが立ち上がると、空気が変わる。

ミシェルさんは、「決勝戦がよき試合になることを願う」と発し、席に着いた。

それだけで、観客は沸《わ》く。


教師の二人は、先生用の席へ移動し、各校の生徒が所定の位置につくと、試合が始まる。

開始早々、帝都校のリーダーであろう男子生徒が声を張り上げた。

「君たちがここまで勝ち上がってきたのは偶然に過ぎない！　それを僕たちが証明しよう！」

それに合わせて帝都校の生徒たちは魔術陣をいくつも展開する。

完成度はどれもかなり高い。

「いくぞ！」

そして彼らは気合の入った声と共に魔術陣を起動させる。

「「「ハァッ！」」」

魔術陣から魔弾が生じ、オリバーたちに襲い掛かった。

オリバーが声を張り上げる。

「みんな、やるぞ！」

見ると、オリバーたちも既に魔術陣を起動していた。

帝都校同様、魔術が放たれる。

お互いの魔術が、真正面からぶつかった。

激しい音と衝撃が周囲に広がる。

威力は、全くの互角といったところか。

帝都校の生徒たちは、信じ難いものを目のあたりにしたような表情を浮かべる。

オリバーたちが強いことを知ってはいただろうが、自分たちに匹敵するほどとは思っていなかったのだろう。

それでもどうにか、帝都校の生徒たちは意識を切り替え、別の術式を展開しようとする。

だが、遅い。

オリバーたちは魔術が放たれる前に、既に強襲をかけるべく、駆け出している。

「――来るぞ！」

帝都校のリーダーは、オリバーたちの動きを見て、声を張り上げた。

接近戦を仕掛けられることは、恐らく想定していたのだろう。

彼らは術式を展開・起動させ、オリバーたちに向かって火属性魔術を大量に放った。

すると、アリスが魔力で弓矢を生み出し、上空に向かって一本、魔力の矢を射る。

その意図が読めない帝都校の生徒たちは、馬鹿にしたように笑った。

しかし次の瞬間、彼らの表情は凍り付いた。

アリスが上空に放ったのは、ただの魔力の矢ではない。

あの一本の魔力の矢は、【降り注ぐ破滅の矢《アヴェルスカイダペイル》】。

上空で無数の矢に分裂し、雨のように降り注ぐ。

これにより火属性魔術は、全て相殺された。

それを見て、帝都校の生徒たちだけでなく、帝都校の先生や観客も驚きの声を上げる。

客席上部を見ると、ミシェルさんとグレイスさんも感心しているようだ。

オリバーたちは火属性魔術の妨害がなくなった隙に、一気に相手との距離を詰める。

遅まきながら我に返った帝都校の生徒たちは、再び術式や魔術陣を展開しようとするも、焦りから魔力を乱し、上手く術式を展開出来ていないようだ。

だが、流石は名門校の代表チームを率いる生徒。

帝都校のリーダーは声を上げる。

「一度魔術を防いだからといって、調子に乗るな！」

彼は火属性の魔術陣を起動させ、大きな火の大蛇を生み出した。

火の大蛇はチロチロと舌を動かしながら、オリバーたちに迫る。

そして、オリバーたちを喰らわんと、大口を開ける。

「今度は私がやる」

シャーロットがそう言って前に出た。

そして右拳を魔力で包み込むことで強化すると跳躍し、火の大蛇の頭上へ。

右拳を目にも留まらぬ速さで振るう。

「――フッ!!」

右拳が火の大蛇に叩き込まれた。

大蛇の頭部は跡形もなく弾け飛んだ。

だが、帝都校のリーダーは愉快そうに笑う。

「頭部を消せば終わりだと思ったのか？　ここからだ！」

その瞬間、大蛇の胴体が激しく燃え上がり、失った頭部を再度形成する。

地面に着地したシャーロットは、今度は両拳に魔力を集中させる。

「元に戻るなら、完全に消滅させるまでよ」

「無駄だ！　お前程度の三流魔術師……いや、魔術師と呼べるかも分からない奴が、僕の魔術を完全に消し去るなど――」

帝都校のリーダーが言い終える前に、シャーロットは火の大蛇の正面に飛び上がる。

そして静かに拳を構えた。

火の大蛇は再び口を開き、シャーロットを喰らおうとする。

それに対して、彼女は左拳でジャブを放ち、口を開こうとする火の大蛇の動きを止める。

そして、腰を回転させ体を捻りながら、右拳のストレートを火の大蛇の顔面に叩き込む。

「ハァッ！」

一瞬火の大蛇は動きを止め——弾け飛んだ。

「そ、そんな馬鹿な！」

自慢の魔術が完全に抑えられたことに、帝都校のリーダーはショックを受けているようだ。

しかし、そんなことなどお構いなしに、オリバーたちは距離を詰めていく。

「ま、魔術を撃ちまくれ！」

帝都校のリーダーの生徒が焦った声でそう言うと、帝都校の生徒たちは声を張り上げながら魔術を放つ。

「「「うぉおおおお！」」」

すると今度は、ソフィア、ジャック、オリバーが前に出る。

それぞれ魔力で槍、ハンマー、双剣を生み出し、構えた。

そして迫りくる魔術を叩き潰していく。

撃ち漏らした魔術もいくつかあったが、それらもシャーロットとアリスが撃ち落としている。

帝都校の生徒たちは、リーダー含めてパニックに陥った。

その結果、無秩序《むちつじょ》に魔術を放つしかできない。

だが、そんなものでオリバーたちを仕留められるわけもない。

やがて、焦《じ》れた帝都校の先生が檄《げき》を飛ばす。

「いつまで時間をかけているんだ!! 三流魔術師などさっさと片付けろ!」

しかしその言葉とは対照的に、帝都校の生徒たちは、オリバーたちから距離を取る。

少しでもオリバーたちから離れて、仕切り直したい――そんな弱気が透けて見えるな。

だが結局事態を好転させることは出来ず――

ついに帝都校の生徒の一人に、ソフィアの魔術が直撃した。

食らった生徒は、そのまま転送されていった。

人数が減ったことで、より防御が薄くなる帝都校。

オリバーとジャックはその隙をついて、更に二人の生徒をダウンさせた。

それを見ながらフォルセさんは、顎を擦りながら言う。

「残り二人か。オリバー君たちは優勢だが、まだ油断してはいけないぞ。最後まで何が起こるか分からないからね」

そして、その言葉は現実になった。

しかし、それは本当にまさかの事態だった。

オリバーが更に一人の生徒をダウンさせ、アリスが最後に残った帝都校のリーダーに迫ったところで場内に異変が起こる。

選手入場口から、一人の男が侵入してきたのだ。

彼は、何やら異様な魔力を纏っている。

オリバーたちも帝都校の生徒も、ただならぬ雰囲気を感じ取り、一旦動きを止めた。

観客席にもどよめきが起こる。

侵入してきたのは、豪華な貴族服を身に纏った男。

頭部の毛髪は寂しく、それを補うように全身には脂肪がたっぷり付いている。

その男は息を切らしながら、憎悪《ぞうお》のこもった視線をミシェルさんとグレイスさんに送る。

フォルセさんが首を傾げる。

「あれはエスクード公爵の弟のポルコだ。だが、あの魔力はなんだ……？」

ポルコは、フラフラと歩みを進める。

そして舞台に降り、その真ん中でピタリと止まると、右手を掲げ、ミシェルさんを指差した。

その指先に、邪悪な魔力が集まっていく。

突然の出来事に誰もが困惑し、ポルコの動きを止める者はいない。

集まった魔力はレーザービームのように放たれ、ミシェルさんとグレイスさんに高速で迫る。

レーザーは観覧席を覆う強化ガラスを砕き――

「お守りします！」

そう叫んだのは、ミシェルさんの傍に控えていた、大楯《おおたて》を持つ女性騎士だ。

彼女はミシェルさんの前に立って大楯を構え、魔力を纏わせて防御力を高める。

グレイスさんはその後ろに控える。

もし大楯が破られても、グレイスさんがミシェルさんを守れる、ということなのだろう。

大楯とレーザービームが、真正面からぶつかる。

暫く拮抗した後、レーザービームは消失した。

ミシェルさんとグレイスさんは、大楯を持つ女性騎士の肩をポンと叩いた。

そして、静かにポルコを見る。

一瞬の静寂の後、会場は悲鳴に包まれた。

ポルコの狙いはミシェルさんのようで、逃げていく観客や他の貴族たちには目もくれない。

ミシェルさんに傷一つつけられなかったことを確認したポルコは、今度は五本の指それぞれに魔力を集める。

女性騎士は、ミシェルさんを守るために再び大楯を構えた。
そして、再度楯に魔力を込める。
すると、何十層もの積層魔力障壁が展開される。
あの楯は、魔道具でもあるのか。
ポルコは、レーザービームを再度放った。
その全ては寄り合わさり、一つの太いビームとなって、大楯の中心へ。
大楯を持つ女性騎士は徐々に押されていく。
だが、女性騎士は「通しません！」と叫びながら、足に力を込め、どうにか踏ん張る。
そして、五本のレーザービームを完璧に防いでみせた。
だが、女性騎士は膝をつく。
肉体的にも魔力的にもギリギリだったらしい。
それを見て表情を変えることすらなく、ポルコは左手も掲げる。
そして、十本の指全てに魔力を集中させた。
疲弊し膝をついた女性騎士に、大楯を構える余力はない。
『姉さん』
俺が念話で呼びかけると、姉さんはすぐさま『行け』と返してくれた。

俺は、魔術を起動させる。

正体がバレないように、ポーチから翁《おきな》の面を取り出して被る。

更に、認識阻害の魔術が付与された黒いマントで全身を覆った。

「……私こそが皇帝に相応しい」

ポルコがそうポツリと呟き、十本のレーザービームをミシェルさんに向けて放つ。

それらはまたしても寄り合わさり、一つの太いビームになる。

俺は一瞬でミシェルさんの傍へ移動しつつ、異空間から純粋な悪魔と戦った際に使った金糸雀色の槍を取り出した。

そして、穂先に雷属性の魔力を集める。

そして、迫りくるレーザービームに穂先を向けた。

「【電磁加速砲《でんじかそくほう》】」

槍から、雷属性のビームが放たれる。

二つのビームが、真正面からぶつかった。

ポルコは自信に満ちた笑みを浮かべる。

自分の技が負けるわけがないという表情だ。

しかし、二つのビームは暫く拮抗した後、相殺された。

ポルコは驚きに、目を剥《む》く。

そして、俺に憎悪のこもった目を向けてきた。

俺はグレイスさんとミシェルさんに、念話を送る。

『ミシェルさん、グレイスさん、こいつは俺がやります』

『分かりました』

『それじゃあ、私は皇帝らしくドンと構えていましょうか』

その答えを聞いた俺は観覧席から飛び降り、ポルコの正面に立つ。

それを見て、兄さんは未だ呆然とするオリバーたち、そして帝都校の人たちを連れて、会場から避難していった。

俺はチラリと上を見る。

姉さんたちが、フォルセさんたちを連れて離れていく姿が見える。

よし、これで思い切り戦えるな。

ポルコを睨みつけつつ、俺は言う。

「深度最大、【武装付与・霹靂神】。お前は、学生たちの晴れ舞台を邪魔し、皇帝をその手にかけようとした。死をもって償え」

己の存在を変質させて肉体を雷そのものに変化させ、背中に六枚の雷の翼を生み出す。

イメージしたのは、天使の中で最高位にある熾天使《してんし》だ。

ポルコは邪悪な魔力を全身から発して威圧してくる。

俺も対抗するように、全身から膨大な魔力を発して、口の端を上げる。

「さあ、始めるぞ。冥府に落ちる準備はできたか？」

「舐めるな！　皇帝の犬が！」

そうほざくポルコがどう動くか、様子を窺いつつ、俺は高純度の雷属性の魔力を練り上げてから、左腕を空に向ける。

その瞬間、バチバチと放電する無数の雷槍が、空を覆った。

その穂先は全て、ポルコに向いている。

「いけ」

光り輝く雷槍が、ポルコに向けて降り注ぐ。

ポルコは自身の周囲を囲むように魔力障壁を展開する。

魔力の制御や操作の腕は低いようだ。

なのに、感じる魔力は純粋な悪魔に似ている上に底知れない。

もしかして、邪教徒に関係しているのか？

権力や財力を以《もっ》て邪教徒たちを援助する代わりに、体を強化してもらった——とか？

ポルコは迫りくる槍を見て、ニヤリと笑う。
「この程度、私の力ならば問題ない!!」
そして、降り注ぐ無数の雷槍をひたすら魔力障壁で受け続けた。
しかし、その自信満々の笑みとは対照的に、魔力障壁には徐々に罅《ひび》が入っていく。
そしてすぐに限界を迎え、一気に砕け散った。
「な、なんだ――」
ポルコの体に、雷槍が次々と突き刺さる。
「グギャアアアア!」
ポルコは思い切り叫ぶ。
体は焼け、雷槍に貫かれた箇所から血が流れている。
俺は、周囲を軽く見回す。
邪教徒たちは見当たらない……か。
恐らく、認識阻害の魔術を使ってどこかに潜んでいるのだろう。
まぁ、コイツを片付けてから捜せばいいか。
そう思っていると、ポルコは歪《いびつ》な笑みを浮かべる。
そして、纏う魔力が更に邪悪な物へ変化していく。

魂が変質しているのが分かる。

ポルコは体を貫く雷槍をゆっくりと抜いていった。

それによって、全身から血が勢いよく噴き出す。

だが、それも高速で再生し、すぐさま治る。

そして、再生が完了すると、今度は肉体が変化し始めた。

肥え太っている肉体はそのままに、肌の色が青銅色に染まっていく。

目の虹彩《こうさい》は黒く染まり、茶色だった瞳孔《どうこう》が白くなる。

最後に背中の肉が盛り上がり、血を撒き散らしながら、蝙蝠《こうもり》の翼が生えた。

まるで悪魔だ。

ポルコは己の変化に歓喜しながら、ミシェルさんを見て叫ぶ。

「私は生まれ変わった！　広大にして世界最強の国、ウルカーシュ帝国を治める力を持つ者に！」

自分が手に入れた力に酔っているのか、ポルコは醜悪な笑みを浮かべている。

俺は、もう一度無数に雷槍を生み出して空に浮かべ、束ねていく。

ポルコはかかってこいと言わんばかりにニヤリと笑い、邪悪な魔力を両拳に纏わせた。

自信満々に笑う彼に向けて、先程より巨大な雷槍の群れを一斉に射出する。

その場から動くことなく、ポルコは迫りくる巨大な雷槍を両拳で迎え撃つ。

雷槍は、奴の拳によって消失させられていく。
ならば――！
俺は六枚の雷の翼を羽ばたかせて、ポルコの目の前に一瞬で飛ぶ。
そして、金糸雀色の槍で突きを放とうとする。
だが、その直前、ポルコが俺の動きに反応し、目にも留まらぬ速さで右腕を振るう。
「ハァッ!!」
「!!」
俺は上半身を後ろに反らし、ポルコの右腕を避けた。
そして距離を取ってから、改めて奴の手を見る。
ポルコの両手には薄く鋭い刃に変化した、五つの爪が備わっている。
あれをまともに食らっていたら、首が落ちていたな。
そう思っているとポルコは一瞬で距離を詰め、左腕を振るってくる。
しかし俺はすでに、そこにはいない。
一瞬でポルコの背後へと移動したのだ。
「――フッ!!」
金糸雀色の槍で三段突きを放つ。

しかし、その全ては翼によって防がれた。

見た目は柔らかそうに見えるが、相当硬いようだ。

そう思っていると、ポルコは翼と俺の間に、いくつもの魔術陣を展開。

そして、魔術陣を起動させる。

至近距離から魔力のレーザービームが迫ってきた。

俺は金糸雀色の槍による突きで、全てのレーザービームをかき消す。

「私の邪魔をする貴様は死罪だ！」

ポルコはそう叫び、魔術陣を再び大量に展開する。

先程までと違い、タイミングをずらしてレーザービームを放ってくる。

俺は六枚の雷の翼で移動して、避けていく。

それにポルコは苛立ちを露わにする。

ポルコは癇癪《かんしゃく》を起こした子供のように騒ぎながら、俺の周囲を取り囲むように魔術陣を展開。

ビームが全方向から迫る。

俺はゆっくりと深呼吸をして、六枚の雷の翼に更に魔力を込める。

すると、六枚の雷の翼は、バチバチと激しく放電して、一気に大きくなった。

「【電滅《でんめつ》・霆撃《ていげき》】」

そして、大きくなった六枚の雷の翼から無数の雷撃を放つ。

無数の雷撃は迫りくるレーザービームを呑み込み、そのままポルコに襲い掛かる。

しかしポルコは全身に高密度の魔力を纏わせ、雷撃を迎撃してきた。

……このままじゃ、埒《らち》が明かないな。

俺はそう思い、精霊様方との話し合いの中で生み出した、新たな術式を展開する。

俺は、肉体に武装付与している【霹靂神】の術式に、更に三つの術式を重ね合わせていく。

「第一術式【閃光《ステロペス》】、第二術式【稲妻《アルゲス》】、第三術式【雷鳴《ブロンテス》】、第四術式【霹靂神】。全てを束ね——【概念武装付与《がいねんぶそうふよ》・雷霆《ケラウノス》】。俺はこれにより、万雷となる」

今まで、武装付与は一つまでしか使うことが出来なかった。

だが、精霊様方と話し合いながら改良に改良を重ね、同じ属性の術式を組み合わせて一つの術式として自身に付与する武装付与——概念武装付与を生み出したのだ。

これにより、精霊様方や神々がいる領域により近づいた。

とはいえ、この魔術には当然、武装付与以上のリスクが伴う。

……こいつは、思った以上にキツイな。

今の感覚を言語化するのは難しい。

気を抜くと、自分の意識が別の存在に乗っ取られそうな感覚……といったところか。

高位存在である神の力を体に降ろすと、その力の強大さから、自我や意識が薄くなり、いつしか自分という存在が消え去ってしまう可能性があるのだ。

無理をすれば最悪の場合、自我が崩壊してしまうことすらある。

だが、武装付与の制御に慣れた俺なら、問題なく扱うことが出来るはずだと精霊様方は判断していた。

俺は『自分はカイルだ』と強く自分に言い聞かせる。

その甲斐あってか、意識が徐々に安定してくる。

すると、青、赤、緑、黄の精霊様方がそれぞれ念話を送ってくる。

『カイル、決して自分を見失うな』

『無理だけはすんなよ』

『私たちがいつも傍にいるわ』

『だから、全力でその力を使ってやれ』

……とても心強いな。

俺はニヤリと笑う。

神の力を、思い切り揮う覚悟を決めたのだ。

すると、馬鹿にしたような声が聞こえる。

「何をしたのかは分からんが、無駄だ」

「……」

「だんまりか。まあいい。あの女の味方をする者は、皆殺しだ！」

その言葉とともにポルコの肌の色はまた一段階濃くなり、体と翼が一回り大きくなった。

更に悪魔に近づき、邪悪な魔力の純度がより高まったな。

そして、こちらに一気に接近してきて、右手を伸ばしてきた。

「先程の槍のお返しだ！　串刺しにしてやろう！」

しかし俺は鋭い爪を、余裕で避ける。

ポルコはそれを見て、左手も使う。

それでもなお攻撃が当たらないことに苛立ったのだろう、ポルコは舌打ちする。

「チッ！　ならば、こいつだ！」

ポルコは、俺から距離を取る。

そして魔力を練り上げ、右腕を真上に挙げた。

その瞬間、空が漆黒に染まる。

上を見ると、空を覆い尽くすように、無数の漆黒の槍が浮かんでいた。

ポルコはニヤリと嗤《わら》うと、真上に上げた右腕を勢いよく振り下ろした。

その瞬間、空に浮かんでいた無数の漆黒の槍が、俺に向かって降ってくる。
俺は無数の漆黒の槍を、金糸雀色の槍で薙ぎ払う。
ポルコは苛立ちを募《つの》らせたようで、更に魔力を込めて漆黒の槍を強化する。
「あの女の犬は、さっさと死ね！」
ポルコは叫び、魔力で漆黒のロングソードを生み出す。
そして一気に距離を詰めてきた。
奴の精神と変異した肉体が徐々に馴染んできているのを感じる。
このまま時間が経てば経つほど、力を使いこなせるようになるだろう。
そうなる前に、一気に片付ける！
俺は右脚を踏み込み、一瞬でポルコの正面に移動する。
だが、ポルコはすぐさま反応し、漆黒のロングソードを左薙ぎに振るう。
——その刃は俺の体に触れた瞬間に焼き消えた。
自身の攻撃が通用しなかったことに、驚愕するポルコ。
そこに俺は、雷速の突きを連続で放つ。
ポルコはすぐさま我に返って防御しようとするが、間に合わない。
彼の胴体には、いくつも穴が開いていく。

だが、先程より再生能力が向上しているようだ。

穴は、開いたそばからすぐに再生していく。

俺は左手に雷を圧縮した槍を生み出して、二つの槍で攻撃する。

ここで、ポルコが動く。

「私はこの国の真の皇帝、ポルコ・エスクード様だぞ！　舐めるな!!」

邪悪な魔力を纏わせて強化した翼を刃代わりにして、俺を切り裂こうとしてきた。

……学ばない奴だ。

ポルコの蝙蝠の翼が俺の両肩を切り裂いた……かのように見えたが、俺の両肩には傷一つない。

逆に、俺の両肩を切り裂こうとしたポルコの翼は、半分以上が焼かれていた。

「わ、私の翼が……」

そしてこれまでと違い、翼の再生は非常にゆっくりだ。

神の力は、悪魔の力に対抗することができる。

それにより再生能力を阻害され、その性能を万全に発揮できていないのだ。

俺は意識を集中させ、二つの槍に神の力を集約させる。

そして、その槍を今度は視認出来ないほどの速度で振るう。

ポルコの胴体に、穴が開いた。

その穴も、ゆっくりとしか再生しない。

そこでようやく再生速度が一気に落ちたことに気付いたのか、ポルコの表情に焦りの色が差す。

俺は神の力を、六枚の雷の翼それぞれに集中させた。

そして、うち二枚を翼に、残りをポルコの四肢に向けて振るう。

ポルコは再生途中の翼に魔力を纏わせて、どうにか雷の翼の動きを止めようとする。

しかし、その程度では止まらない。

雷の翼は触れた途端、纏わせた魔力ごと相手の翼を根元まで焼いた。

そして、残りの四枚の雷の翼は無防備なポルコの四肢に襲い掛かる。

ポルコは全身に魔力を纏わせて強化することで防ごうとするが――

「この程度――」

そう叫んだのも束の間、ポルコの両拳が消えた。

そして反射的に蹴りを放った右脚も、雷の翼とぶつかった瞬間燃焼する。

蹴りを繰り出したことで奇跡的に左脚だけが攻撃の軌道上から外れたらしく、四肢全てを切断――とはいかなかったか。

ポルコは左脚でなんとか着地。

そして、膝を曲げて力を溜めて飛び上がり、体を時計回りに一回転させつつ、苦し紛れに蹴りを放ってくる。

「ウォオオオ！」

雄叫びを上げるポルコ。

残った左脚に思い切り魔力を凝縮させ、どうにか一撃だけでも浴びせてやろうって考えているらしいな。

だが俺は、静かに告げる。

「終わりだ」

ポルコの左脚と雷の翼がぶつかる。

そして、無慈悲にも、ポルコの左脚は焼き消えた。

ポルコはのたうち回りながらも、歪に嗤う。

「――諦めない！　たとえここで死のうとも、私は絶対に諦めない！　冥府の底から必ず舞い戻ってみせる！」

「冥府の神々がそれを許すはずがない。特にお前のような奴はな」

そんな俺の言葉を聞いてもなお、ポルコは喚《わめ》き続けている。

俺は、雷の翼のうち二枚を振るう。

それはポルコの首を焼き切り、心臓を貫いた。

首を落とされても、ポルコの顔は嗤ったまま。

本当に冥府の底から舞い戻ってくるのではないかと思うくらい、その表情からは執念を感じた。

「冥府の底で責め苦を味わうといい」

俺はそう言って槍を構え、穂先に神の力を集中させる。

そして、肉体から浮き出た悪魔としてのポルコの核、魂に突きを放った。

これにより、邪悪な魂は完全に消滅したはずだ。

そうして、静寂が訪れた闘技場に、不快な声が響き渡る。

「素晴らしい！　あの男は出来損ないでしたが、この帝都を更地に出来るくらいの力はあったようですね！　しかし、それをこうも簡単に倒すとは！　本当に素晴らしく、そして興味深いですね！」

声の主は、あの廃教会で見た邪教徒のうちの、小柄な男だった。

いつの間にか観客席にいた奴は、狂気に染まった目で、俺を興味深そうに見つめる。

俺はそれを無視し、周囲を見渡す。

……あの時一緒にいた大柄な男の姿は見当たらないか。

「全身の筋肉、神経、臓器、それから魂がどうなっているのか気になりますねぇ。ああ、早く解剖して隅々まで調べてみたい。……ああ、あれの実験の相手としても最適ではないですか」

小柄な男は、まだブツブツと喋り続けていた。

だが、急に黙り込んでニヤリと笑うと、懐から注射器を取り出す。

その中には暗黒の液体が満ちている。

男は、不気味な笑みを浮かべたまま、フードを外す。

すると、茶髪のパーマに茶色の瞳をした三十代くらいの男性の顔が明らかになる。魔道具だと思われるスタイリッシュなメガネのブリッジを押し上げて、叫ぶ。

「楽しみ、実に楽しみですね！」

そして、注射器を自らの首にプスッと刺し込む。

注射器の中身がゆっくりと体内に注入されていく。

すると、すぐに小柄な男の体に変化が現れる。

まず、ただでさえ不健康そうな青白い肌が、一気に真っ白になった。

髪も色が抜け落ちて白くなり、茶色だった瞳孔が灰色に染まっていく。

更に、左右の前腕と両脚が異形のようになる。

そして、背中から灰色に染まった六枚の天使の翼が生えてきた。

小柄な男から感じる存在感は凄まじく、魔力の質もポルコとは段違いに高い。

奴は歓喜し、両手を左右に広げ叫ぶ。

「ハハハ！　素晴らしい！　では、始めましょうか！」

小柄な男は、翼をはためかせて加速し、一気に俺の背後に回り込む。

先程俺がポルコにしたことを再現された形だ。

そして、右拳に膨大な魔力を込め、殴りかかってくる。

迫りくる右拳を、俺は左手で簡単に受け止めた。

だが、男に焦る様子はない。

「こうも簡単に受け止めるとは！　やはり素晴らしい！」

そう言うと、男は左脚に膨大な魔力を込めて、首めがけて振るう。

その一撃を、避けずに受ける。

しかし、俺は傷一つ負わない。

むしろ、傷を負うのは敵の方。

奴の左脚が、雷で焼けていく。

だが、男の顔から笑みは消えない。

どころか、右拳と左脚が高速で再生されていく。

再生能力を阻害しているにもかかわらず、だ。

小柄な男は右拳を開いたり握ったりすることで、左脚で地面を踏み鳴らすことで、状態を確認する。

そして、魔力を練り上げて全身に循環させた。

「一瞬で元通りとは！　なんという生命力！　この力があれば、もっと主《しゅ》の御名《みな》を世界に広めることが出来る！」

ポルコよりも遥かに優れた再生能力を持つこの男に、俺は内心舌打ちする。

「次はこちらを試してみましょうか」

小柄な男はそう言うと、地面に落ちているポルコの首と、胸に穴が開いて四肢のない胴体に近寄った。

そして、右手でポルコの首に、左手で胴体に触れる。

「さあ、私の役に立ってください」

小柄な男は膨大な魔力を左右の手に込め、ポルコの首と胴体に流し込む。

すると、それらは肉も骨もいっしょくたに溶けて、スライムのようになった。

かと思うと、形が変わっていく。

俺たちの戦いを眺めていたミシェルさんとグレイスさんが驚きの声を上げる。

「あれは……」

「悪魔！」

ポルコの首と胴体は、二体の悪魔になった。

魔力を感知すると、侯爵級の力はあるだろうことが分かる。

あの日戦った純粋な悪魔ほどではないが、脅威であることには変わりない。

「では、行きなさい」

二体の悪魔は小柄な男の言葉に従い動き出す。

狙いは観客席にいるミシェルさんとグレイスさんだ。

助けに行かないとマズいか!?

そう思い、俺はミシェルさんとグレイスさんを見る。

だが、二人は全身から魔力を溢れさせながら、近づいてくる二体の悪魔を静かに見ていた。

ミシェルさんが一体の悪魔を見て静かに言う。

「私が右」

続いてグレイスさんが両手に黒い手袋を嵌《は》め、それに魔力を込めながら、好戦的な笑みを浮かべる。

「それじゃあ、私は左を」

むしろ二人は、受けて立つと言わんばかりに闘技場へと降りてきた。

グレイスさんは悪魔に向かって走り、左拳を振るった。

強烈な一撃を叩き込まれた悪魔は後方に吹き飛ぶ。

悪魔は何度も地面にバウンドし、やがて壁に激突。

周囲に土煙が舞った。

グレイスさんは、すぐさまミシェルさんの隣に戻る。

「流石。私も負けてられないわね」

ミシェルさんがそう言った瞬間、もう一体の悪魔の周囲に魔術陣が展開された。

そして、その全てが一瞬で起動し、悪魔に向かって魔弾が撃ち込まれる。

もう一方の悪魔も吹き飛んでいった。

俺は二人の戦いぶりに驚愕する。

ウルカーシュ帝国を治める皇帝と、それを支える側近。

守られる立場かと思っていた二人だったが、むしろ彼女たちの実力は俺の予想よりも遥かに上みたいだ。

それは俺だけでなく、小柄な男にとっても予想外だったようだ。

「……まさか、これほどまでに強いとは」

小柄な男は呆然と、ミシェルさんとグレイスさんを見つめている。

俺はその隙に、自分の中に降ろした神の力を槍の穂に集中させ、小柄な男の背後に回る。

「フッ！」

そして心臓目掛けて突きを放つが、小柄な男の背中から生えている六枚の天使の翼が反応した。

天使の翼が時計回りに一枚ずつ折り重なる。

そうして出来た翼の盾が、突きを防いだのだ。

小柄な男はゆっくりと振り向いて言う。

「背後からの攻撃は通りませんよ」

……かなり力を集中させたのに、完全に防がれた。

それから小柄な男は、六枚の天使の翼を目にも留まらぬ速さで動かして攻撃してくる。

同時に、漆黒の魔弾も放ってきた。

迫りくる攻撃を避けたり、槍で受け流したりしながら、俺は冷静に小柄な男を観察する。

ポルコとの戦いとは違い、丁寧に攻める必要があるな……

◆　◆　◆　◆

私――ミシェルはカイルと邪教徒の戦いを眺めていた。
ポルコが片付いたら、今度は邪教徒が立ちはだかるとは……かなり厳しい状況だと、普通なら考えていただろう。

それでも、カイルなら大丈夫なのではないかと思ってしまうから不思議だ。

とはいえ、気になることもある。

「やっぱり、あの邪教徒が取り込んだ力って……」

私の言葉に、グレイスが頷く。

「間違いない。あの方の力を、あいつから感じる」

グレイスもそう言うなら間違いない。

あの男が取り込んだのは、強大な力を持つ堕天使《だてんし》――ルシフェル様の力だろう。

ルシフェル様はウルカーシュ帝国の建国に関わった、高位存在の一人だ。

建国後も世界の均衡を保つため、時折私たちに力を貸してくださる、優しい方である。

私は気になったことをグレイスに尋ねる。

「……さっきあいつが使った注射器に、ルシフェル様の力が秘められていた……そういうことかしら」

「そうでしょうね。でもそれにしてはあの男は弱すぎる。注射器の中に満たされていたのは、あの方の力のほんの一部にすぎないのでしょう」

「……でも、一般的に考えたら十分な脅威よ」

グレイスの言う通りだ。

しかし――

「カイルなら倒してくれるのでしょうね」

グレイスも、カイルを見て優しく微笑む。

「負ける姿をまったく想像出来ないわ」

それならば、私たちは己の仕事をきっちり熟《こな》すだけね。

意識を切り替え、再生して元通りになった二体の悪魔を見る。

「それじゃあ、私たちは悪魔の相手をしましょう」

「そうね。さっさと終わらせましょう」

私は自分とグレイスに付与魔術をかけつつ、周囲に無数の魔術陣を展開する。

グレイスは、身体強化を重ねがけして更に肉体を強化した。

彼女が口を開く。

「私が突っ込む」

「合わせるわ」

グレイスが一気に加速し、二体の悪魔に真っ直ぐに突っ込んでいく。

しかし、二体の悪魔はそれに即座に反応。

一体はグレイスを迎え撃ち、もう一体は援護射撃をするべく術式を展開しようとしている。

私は周囲に展開させた無数の魔術陣を起動する。

そして、魔術を放とうとする悪魔に七割、グレイスに突っ込んでいく悪魔に三割、と分配して魔弾を放った。

魔術を使う悪魔は、私の攻撃を迎撃するのに手一杯のようで、グレイスを狙う余裕がなくなったみたい。

グレイスと相対していた悪魔も一瞬、グレイスから意識を逸らす。

その僅かな隙を、グレイスは見逃さない。

グレイスは力強く踏み込んで、悪魔の懐に潜る。

悪魔の動きが、ほんの一瞬止まる。

魔術とグレイス、どちらを先に対処すべきか迷ったのだ。

だが、グレイスには迷いはない。

自分の攻撃が外れたとしても、私の魔術があると信じてくれているのだろう。

グレイスは叫ぶ。

「ハァッ！」

そして、両拳と両脚による連撃を叩き込むと、そのまま離脱した。

超高速の連撃を叩き込まれた悪魔は、あまりの威力によろめいている。

そこに、私が放った魔術が息つく間もなく襲い掛かった。
直撃する大量の魔術。
その衝撃で土煙が舞った。
数秒して、爆炎が晴れる。
悪魔の全身は穴だらけで、頭部は半分欠損していた。
その悪魔に、グレイスが再び近づく。
まずこちらを倒してから、もう片方を撃滅しようという作戦ね。
しかし、ボロボロになった悪魔の後方からいくつもの魔弾が迫ってきた。
もう片方の悪魔によるものである。
私はグレイスを守るため、彼女の周囲を囲むよう積層魔力障壁を展開する。
魔弾の多くは、積層魔力障壁に阻まれた。
だが、数発が地面に着弾し、再び土煙が起こる。
悪魔の狙いは、グレイスに魔術を直撃させることではない。
もう片方の悪魔が体を再生させる時間を稼ごうとしているのだ。
私は魔術で風を起こし、広がっていた爆煙を晴らす。
すると、敵の狙い通り、先程までボロボロだった悪魔は全快していた。

グレイスが言う。

「二体同時に生まれたからか、それとも元は同じ物だったからなのか……仲間意識がものすごく強い」

片方が消滅の危機に陥ると、もう片方が助けるために動く。

その上、凄まじい再生能力を持っている。

だから片方だけを追い詰めても、先程のように時間を稼がれ振り出しだ。

中々厄介な敵ね。

「……つまり、両方を同時に消滅させないとダメってことよね？」

そう言うと、グレイスは面倒くさそうに頷いた。

この戦いは言ってみれば、悪魔たちと私たち、どちらのペアが優れているのかを決める物だ。

ならば、絶対に負けられない。

生まれたばかりの悪魔たちごときに、数百年一緒に生きてきた幼馴染《おさななじみ》との絆《きずな》が負けるわけないのだと証明してやらなきゃね。

「今後は定期的に二人で狩りをしたりダンジョンに潜ったりして、勘を鈍らせないようにしましょう」

グレイスは頷く。

「ええ。昔ならさっきの場面で殺し切れていたでしょうしね」

私たちは改めて深呼吸し、集中する。

今度は私もグレイスと共に攻める。

そう決め、ロングソードを抜き、魔力を纏わせて強化する。

「グレイスに合わせる」

「了解。最初から飛ばしていく」

そして私たちは並走して、二体の悪魔に向かった。

すると向こうも、真正面から突っ込んできた。

「動きがよくなっている。私たちの戦い方を学習してるわ」

「問題ない。どれだけ学習しても、殴って蹴れば消滅する」

「……ふふ」

こんな時だっていうのに、グレイスらしい言葉に思わず笑ってしまった。

「この脳筋め。いいわ、徹底的に付き合うわよ」

グレイスは普段は真面目で細かいくせに、戦闘になると途端に大雑把だ。

昔から体を動かすのが大好きで、魔術や武具よりも体術に興味津々。

実際、彼女にはそういう戦い方が一番合っている気がする。

その結果、グレイスはメキメキと実力を伸ばし、近接戦闘の実力に関しては、同年代の中でも頭一つ抜き出るほど強い。

そんなグレイスを見て、私も自分に一番合っていそうだと思っていながらも学べていなかった魔術に傾注し始めたのよね。

そして、グレイスと肩を並べられるほど実力を伸ばした。

それから数百年、共に鍛錬を続けた私たちは、神々に認められるコンビになった。

なんだか振り返ると少し恥ずかしいけれど、やっぱり私たちは二人で一つなんだわ。

そう思っていると、悪魔のうち一体が声を上げる。

「ウァ」

そいつは右手に魔力でロングソードを生み出す。

更に、それに魔力を纏わせて強化している。

「アゥ」

そう鳴くもう一体の悪魔は、先程よりも動きが滑らかだ。

どうやら一体は私の、もう一体はグレイスの動きを重点的に学習しているみたい。

だが、グレイスの言う通り、二体の悪魔がどれだけ強くなろうと関係ない。

全力で叩き潰すだけだ。

グレイスが両拳と両脚に魔力を凝縮させ、徒手空拳《としゅくうけん》の悪魔と距離を詰める。

「ウゥ」

「フッ‼」

悪魔とグレイスは互いに右拳を放つ。

強い衝撃が周囲に波及し、二人の動きが止まる。拮抗《きっこう》しているのだ。

その瞬間、もう一体の悪魔もグレイスに狙いを定めた。

ロングソードで突きを放つ。けど――

「させるわけないでしょ」

私はロングソードを悪魔の持つ得物とグレイスの体の間に滑り込ませ、攻撃を弾く。

そして、そのまま体を時計回りに回転させ、右脚の踵《かかと》を悪魔の右頬に叩き込んで吹き飛ばす。

更に、その勢いのまま、グレイスと相対している悪魔の頭部を狙う。

悪魔は二対一は分が悪いと考えたのだろう、即座に距離を取ろうとする。

「逃げることを許すと思う？」

私は、その悪魔の足元に魔術陣を展開・起動させた。

魔術陣から鋼の鎖が無数に現れ、逃げようとしていた悪魔の全身を拘束する。

悪魔は、全身から魔力を流して鋼の鎖を解こうとする。

だが、そんな簡単に解けるはずがない。

この鋼の鎖は、脳筋のグレイスでも解くのにかなりの時間がかかるほどに硬いのだ。

その時、右後方から魔力の高まりを感じた。そこには、吹き飛ばしたもう一方の悪魔がいる。

「ミシェル！」

「分かってる！」

拘束されている悪魔を助けるために、再び攻撃を仕掛けるつもりだろう。

だけど、二度目も簡単に邪魔させてたまるもんですか！

私は拘束されている悪魔の周囲に、積層魔力障壁を無数に展開する。

これで奴は、しばらくはこちらに来られないはず。

その時、後方にいる悪魔が、山のように巨大なロングソードを生み出した。

「ウァアアアア！」

悪魔は絶叫しながらそれを振るう。

魔力を極限にまで高めた、渾身《こんしん》の一撃。

私が展開した無数の積層魔力障壁と、悪魔の攻撃が真っ向からぶつかる。

一枚、また一枚と、勢いよく魔力障壁が砕かれていく。

その動きに触発されたように、拘束されている悪魔の方も、暴れ始めた。

丈夫なはずの鋼の鎖が、少しずつ綻び始めている。

そしてものの一秒後、驚くべきことに魔力障壁が全て砕かれた。

解き放たれた悪魔は、仲間を助けようと駆け出した。

そしてその最中、周囲に魔力によって剣や槍などを生成し、ぶん投げてくる。

魔力の武具は、私たちではなく、もう一体の悪魔を拘束している鋼の鎖へと一直線に向かう。

「代わりましょうか」

私がそう言うと、グレイスも頷く。

「ミシェルが後ろを、私が前のを」

「了解」

私とグレイスは、長い時を一緒に過ごしてきたから、お互いの戦い方やクセをよく知っている。

だから、相手にした時に得意なタイプや苦手なタイプが分かる。

なので、お互いが得意なタイプの敵を相手にできるよう、立ち位置を入れ替えたのだ。

私はまず、先程悪魔が投げていた魔力の剣や槍が鎖に命中する直前に、鎖を解除する。

その結果、魔力の武具は、拘束されている悪魔の体に次々と突き刺さる。

それを見ていっそう『味方を助けねば』と焦る悪魔の前に、グレイスが立ちはだかる。

悪魔は咆哮し、グレイスはにやりと笑う。

「ァァアアア！」

「行かせないよ」

二人は激しく拳を交わす。

私はそれを後目に、もう片方の悪魔に向かってロングソードを振るおうと一歩踏み込み——異変を感知した。

その体を元のスライムのような状態に変化させ、グレイスとやり合っているもう一体の悪魔の方へ飛んでいったのだ。

これまでにない動き——こんなこともできたの⁉

「グレイス！」

私がそう叫ぶと、グレイスは悪魔からすぐさま距離をとる。

すると、その悪魔の胸にスライムのような物に変化した悪魔が飛び込む。

そのまま、二体は同化した。

悪魔の放つ魔力の量と質が、一段と上がった。

そして、体つきも急速に変わる。

徐々に人間らしい形になっていく。

髪が生え、腰まで伸びる。胸が大きくなり、腰にくびれが出来た。

顔だけは無表情のままだが、肉体は人間の女性にそっくりだ。

最後に胴体から胸にかけて黒い鎧のように硬化し——悪魔は騎士のような姿に変化した。

それを見て、私は呟く。

「あれって……」

「私とミシェルを足したような感じね」

グレイスの言う通り、目の前の悪魔の立ち姿や雰囲気は、私やグレイスに近い。

悪魔は右手を握ったり開いたりして調子を確かめ、頷く。

そして私たちを見て静かに魔力を練り上げ、全身に循環させていく。

そして、練り上げた魔力を一気に凝縮させて、右手の中に黒い魔力のロングソードを生み出した。

「アァ」

悪魔は、一瞬で私たちの目の前に移動した。

そして黒いロングソードをゆっくりと横に振るった。

巨大な魔力の刃が迫る。

私とグレイスはアイコンタクトを取り、それぞれ動き出す。

グレイスは一気に加速して悪魔の背後に回り込む。

私はロングソードを魔力で強化し、巨大な魔力の刃を受け止める。

そして弾き返すと、心臓目掛けて突きを放った。

だが、悪魔は素早く体勢を整えると、私の突きを薙ぎ払う。

このやり取りだけで、悪魔の技術もパワーもこれまでとは比較にならないとわかった。

だが、こちらは二人で戦っているという利点がある。

悪魔の背後にいるグレイスは、魔力で強化された拳を振るう。

目にも留まらぬ速さで放たれた左拳を悪魔は頭を右に振って避けてから、後方に向かって跳躍する。

そして、悪魔は空中で体勢を整え、今度はグレイスに黒いロングソードを振り下ろす。

「足場にして！」

私はグレイスの真横に魔力障壁を展開する。

彼女はそれを利用して空中で身を翻すと、悪魔の一振りを避ける。

空を切った魔力の刃は、地面を深く切り裂いた。

どうにか避けたような形――だが、悪魔の動きはまだ止まらない。

今の私たちの動きを学習したのだろう。

自身の周囲に魔力障壁をいくつも展開し、それを足場にして空中を飛び回るように移動し始めた。

悪魔はそのまま、グレイスに連続で斬りかかる。

グレイスは攻撃の全てを紙一重で避け、お返しと言わんばかりに、目にも留まらぬ速さで連撃を放つ。

悪魔は、それを黒いロングソードの腹や魔力障壁で防御してくる。

私は、悪魔に弱体化の付与魔術をかける。

更に並行して魔術陣を展開、起動し、大量の魔弾を高速で放つ。

幾度もそれを繰り返すと、魔力障壁は砕け、魔弾が彼女の膝に突き刺さる。

悪魔は膝を折り、倒れる。

「ハァッ！」

グレイスはそれを見て、拳を放つ速度を一気に上げた。

悪魔は攻撃をモロに喰らいながらも、すぐに膝関節を再生させた。

そして、黒いロングソードの柄を両手で持ち、ゆっくりと上段に構え、グレイスに向かって鋭く振り下ろした。

その瞬間、私とグレイスは目くばせする。

「ミシェル」

「任せて」

グレイスが拳を叩き込むのを止め、後方に跳んで距離を取る。

それと入れ替わるように、私は女性悪魔に正面から突っ込む。

私は、ロングソードを高純度・高密度の風属性魔術で強化し、振り上げる。

「フッ！」

二つのロングソードがぶつかる音が響いた。

そして、一瞬の静寂の後、女性悪魔の黒いロングソードの刃が砕け散った。

とはいえ魔力によって作り出した武具。

悪魔が魔力を凝縮させれば、黒いロングソードは再び生み出すことが出来る。

だから、その隙を与えてはならない。

私は動きを止めず、女性悪魔の四肢を切り裂こうとする。

女性悪魔は両拳と両脚を魔力で強化し、私のロングソードの刃を受け止める。

「ウァアアアア！」

悪魔は苦しそうに叫びながらも、私の連撃を防いだ。

そして、今度はこちらの番だといった様子で、拳を振るってくる。

「グレイス」

「任せて」

今度は私が後ろに下がり、グレイスが前に出る。

女性悪魔が放つ嵐のように激しい連撃を、グレイスは全て受け流していく。
更に、グレイスは一瞬の間を狙って重心を下げた。
女性悪魔の左脚を右脚で払い、バランスを崩す。
そのタイミングを狙って、私は術式を展開させながら女性悪魔の懐に入り込む。
そして、魔弾を放ちつつ剣を振るう。
そしてとうとう、悪魔の右腕を切断した。
焦る悪魔。
しかし手は緩めない。
今度はグレイスが前に出る。
そして、高密度の魔力を両拳と両脚に纏わせて、重い一撃を腹に叩き込む。
くの字になって悶絶《もんぜつ》しているところに今度は私がロングソードを振り下ろす。
そして、悪魔の左腕が飛ぶ。
体を再生させる時間を与えない連撃。
それによって着実に敵を追い詰めている感覚が、確かにあった。
だが、ここで女性悪魔が動いた。
「アァアアアア！」

そんな風に悲鳴のような声を上げながら、右脚を思い切り振り上げた。

私たちは、一旦距離を取る。

そして、そのタイミングで悪魔は右脚を踵《かかと》から一気に振り下ろして地面に叩きつけた。

地面が大きく揺れた瞬間、全身から膨大な魔力を放った。

だが、そんな苦し紛れの攻撃は私とグレイスには通用しない。

私がロングソードを振るうと、迫りくる魔力は霧散した。

そして、揺れる地面をものともせずに地を駆ける。

すると、悪魔はまたしても魔力で剣や槍を生み出し、放ってきた。

「ネタが切れてきてんじゃや――ないの⁉」

私はそう言いながら、それらを弾き飛ばす。

そうして再び女性悪魔の懐に入り込むと、ロングソードを連続で振り抜き、女性悪魔の両膝を切り裂いた。

そこに、間髪《かんはつ》を容《い》れずにグレイスが攻撃を仕掛ける。

狙いは顔面だ。

ただ、悪魔もそれを警戒していたようで、頭部を守るように積層魔力障壁を展開する。

だが、グレイスは構わず拳を振るう。

拳に宿るは高密度の火属性の魔力。
それは積層魔力障壁を砕き、悪魔の顔面に突き刺さる。
「ハッ！」
グレイスはそのまま右拳を振り抜き、女性悪魔を地面に叩きつけた。
悪魔の体は地面にバウンドし、空高く浮かぶ。
――ここだっ！
私は全力で跳躍し、悪魔の首目掛けてロングソードを右薙ぎに振るった。
瞬間、煌《きら》めく一本の軌跡が描かれる。
一拍置いて、悪魔の首が落ちた。
それをグレイスがキャッチ。
続いて、光属性の魔術を起動する。
すると、悪魔の顔は塵も残さず消滅した。
私は悪魔の体内に火属性の魔術を仕込み、起動させる。
悪魔の体はメラメラと燃えた挙句、塵も残さずに消滅した。
「さて、こっちは片付いた」
私はホッと一息吐きながらそう言い、カイルの方を見る。

どうやら、カイルはまだあの男との戦闘を続けているようだった。

「あの方の因子と力を取り込んでいるあの男を片づければ終わり、か」

私はカイルを見ながら、世界の均衡を守る者の一人として呟く。

「カイル。貴方の力を、私やグレイスだけでなく、あの方々にも見せてちょうだい」

◇　◇　◇　◇

俺――カイルは、六枚の翼を羽ばたかせ、上空へと浮かび上がる小柄な男を見つめる。

男は右手をスッと上げて、上空で土属性魔術を起動させる。

それにより、先端の尖った人一人分くらいの大きさをした石柱が次々と生み出された。

男が右手を下ろすと、それらは高速で落下してくる。

俺は避けたり、六枚の雷の翼や槍を放って石柱を砕いたりすることで、どうにか対処しつつ、小柄な男目掛けて飛ぶ。

小柄な男は醜悪な笑みを浮かべた。

そして先程より速度を更に上げて、石柱を降らせてくる。

「もっと……この力を試させて……楽しませてくださいよぉ！」

そう男が口にすると、俺の周囲に巨大な魔術陣がいくつも展開される。

魔術陣から生み出されたのは、巨大なハンマー。

ハンマーは俺を横からぶん殴るべく物凄い勢いで迫ってくるが、俺は雷の翼を振るい、ハンマーを粉々に砕き、更に加速した。

そして、ついに小柄な男の前にたどり着く。

小柄な男は見下すような笑みを浮かべた。

「ここまでご苦労様です。ですが、無駄な苦労でしたね」

小柄な男が、勝利を確信して嗤う。

次の瞬間、俺の胸をいくつもの石柱が貫いた。

その石柱は、上空から落下してきた石柱とは違い、細く鋭い形をしている。

俺が派手な魔術を処理している隙に背後まで忍び寄らせていたということか。

完全に虚を突かれた形――だが、それでもダメージはない。

俺は概念武装付与によって、雷という概念そのものに至っている。

雷は実体がないが、攻撃力は兼ね備えている。

俺もその特質を備えており、攻撃を仕掛ける時は物理攻撃が出来るし敵の攻撃も通るが、そうでない時はダメージを負わない。

それに勘づかれてしまうのは手の内を晒《さら》すことと同義だと思い、これまでは最低限しか敵の攻撃を透過しなかった。

ちなみに、特殊な魔術や魔道具、聖剣や聖杖による攻撃、そして馬鹿げた量の魔力による干渉を受ければ今の状態でもダメージを負うが、そんな使い手はそうそういない。

俺は男に見せつけるように胸を貫いている石柱を一本一本抜いていく。

それを見て、小柄な男は驚愕の表情を浮かべ、ブツブツと独り言を言い始めた。

「なぜです？　確実に心臓を貫いたはず……もしかしたら彼は帝国の技術の粋《すい》を集めたゴーレム、もしくは自動人形の類《たぐい》……？　それならば、心臓を貫いて無事だったことにも説明がつくか。しかしそうだとしたら、余程質のいい魔石が使われているはずです。ぜひとも有効活用させてもらいたい……」

確かに無機物の塊《かたまり》であるゴーレムや、人類種の姿を模した自動人形は、核となる魔石さえ無事なら、胸を貫かれようとも活動出来る。

実際スライムアニマルもそうだし。

更に、上位のゴーレムには、自己修復機能が備わっている個体もいる。

もっともそれらの推論は全て見当違いもはなはだしいが、まぁ勘違いしていてくれた方が都合がいいか。

俺は、ゆっくりと小柄な男に近づいていく。

小柄な男は俺の全身を隈なく観察してくる。

……魔力感知を使って、核となる魔石の位置を探っているのか。

ただ、ない物は見つけられない。

やがて男は、諦めたように言う。

「貴方ほど高性能な個体ならば、自己修復機能ぐらい備わっているでしょう。一度体を壊し、その後ゆっくりと魔石の位置を探るとしますか」

男は、様々な属性の魔術陣を九つ、己の頭上に展開する。

やがてそれらから現れたのは、竜種たちの頭部。

意思を持っているかのように、ジッと見つめてくる。

あの竜は本体ではなさそうだな。

恐らく、あの魔術陣が壊れない限り、無限に再生するのだろう。

九つの首に、不死性。目の前の竜はまるでヒュドラだな。

ヒュドラとは、前世の世界のギリシャ神話に登場する、多頭を持つ竜のことである。

同じくギリシャ神話の英雄ヘラクレスに討伐されたヒュドラは、一説によれば、強力な再生能力を有していたとのこと。

すると、今の俺はヘラクレスってところか？　……いや、身の程知らずにもほどがあるな。

俺如きを、あの大英雄になぞらえるなど、烏滸《おこ》がましい。

……なんて余所事《よそごと》を考えている場合じゃないな。

今この魔術に対して、どう対処するかを考えるべきだ。

魔力によって作られた竜種は、結構強そうだ。

となると全ての魔術陣を壊しに行くよりは、魔術陣を展開しているあの男をどうにかする方が、いくつか難易度は低いか。

「【死に至らしめる毒海蛇《ヴェレーノ・ヒュドロス》】」

男がそう呟くと、竜の頭部たちが首を伸ばし、一斉に襲い掛かってくる。

ふむ、一人で立ち向かうのは骨が折れそうだ。

俺は雷属性の魔術陣を展開し、自分の中に降ろした神の力の一部を魔術陣に込めて起動する。

「【不死を授ける黄金の獅子《ネメア・レーヴェ》】」

バチバチと放電しながら光り輝く雷属性の魔術陣の中から、黄金の獅子が次々と現れる。

その数、九頭。

黄金の獅子たちは、自分たちの庭かのように空中を自由に闊歩《かっぽ》している。

そして、一歩歩くごとにその足元に波紋《はもん》が広がった。

十二個の難行《なんぎょう》に挑み、その全てを攻略した英雄・ヘラクレス。

この魔術はその第一の難行にてヘラクレスを大いに苦しめた、『ネメアの獅子』からインスパイアされた魔術。

これによって生み出された電気を帯びている獅子は、敵を喰らいつくすまで暴れるのだ。

物理、魔術のどちらにも非常に高い耐性を持っており、消滅させるには、極めて強力な魔術を使うしかない。

かくして、ヒュドラ対ネメアの獅子という神話の怪物同士の対決が始まった。

襲い掛かってくるヒュドラを、黄金の獅子が迎撃する。

鋭い牙や雷撃によって、ヒュドラがどんどん消滅していくのだ。

だが、その度に新たな頭部がすぐに生み出され、再び首を伸ばしてくる。

今度はヒュドラが黄金の獅子に噛みつき、その体を喰らった。

しかし、高い耐性を持つ黄金の獅子はそう簡単に倒れない。

互いが互いを消滅させられない――千日手《せんにちて》のような状況が続く。

「その黄金に輝く獅子は厄介ですね。仕込んである猛毒も、大して効いているように見えません。……まあ、いいでしょう。それならば、あなたを直接叩き、術式を停止させるまでです」

相手も俺と同じ結論に至ったらしい。

俺との距離を詰めてきた。

男は両拳に魔力を纏わせて、連撃を放ってくる。

「この魔力は毒の属性を持っています。しかも、通常の毒ではない。自動人形の疑似神経《ぎじしんけい》にも有効な特別製です。私は綺麗なまま、貴方の機能を停止させ、解剖したい。素直に毒を受け入れてください」

俺は両拳を避けながら、奴の手を解析する。

その結果、男が『特別製』だと豪語したこの毒ですら、今の俺には効かないと分かった。

武装付与していない状態で触れたら、神経系に大きく影響して、肉体の自由が利かなくなっていただろうが。

俺は、反撃に出る。

目の前の男は知識も豊富で、魔術師としての腕もポルコよりも遥かに優れている。

しかしそれでも取り込んだ力の、一割も使いこなせていないだろうことは明らかだ。

どう見ても魔力の流れが不自然だからな。

そして、奴の背中に生えた翼を見れば、小柄な男が取り込んだ力がどんな物なのか、ある程度推測出来る。

恐らく、小柄な男が取り込んだのは堕天使の力だ。

天使や堕天使の階級や力というのは、背中から生えている翼の数で分かる。

低い階級の天使であれば二枚、そこそこの階級であれば四枚、高い位であれば六枚以上、といったような感じだ。

男の背中に生えている翼の数は、六枚。

つまり、天使や堕天使の中でも高位の存在の力を取り込んでいるのだと分かる。

ならば、奴が力を使いこなせていないとしても、全力を出すのが礼儀というものか。

俺は、翼に魔力を込める。

すると、背中側から先端まで、翼の全てが赤くなった。

そして、枚数も六枚から十二枚に増える。

俺は深呼吸をして、十二枚の雷の翼をはためかせ、男の正面に瞬時に移動した。

そして、小柄な男の右腕を金糸雀色の槍で切り上げる。

男の腕が弾け飛び、灰となった。

「グッ……毒を纏わせた私の腕をこうも簡単に⁉」

男は憎々し気にそう口にして、俺から距離を取る。

そして、ヒュドラを強化するのに魔力をさらに込める。

「九つの首から生まれる新たな竜よ、我が敵を喰らい尽くしなさい」

竜の頭部が全て、それぞれの属性の魔術陣の中に引っ込んだ。

そしてそれらが重なり合い――一つの黒く大きな魔術陣になる。

そこから、九つの首を持つ、翼を持たない漆黒の竜が現れた。

小柄な男が自慢げに笑い声を上げる。

これが、奴の隠し玉か。

確かに魔力の量や質は、本物の竜にも劣らない。

だが、それだけだ。

竜人族の里で戦った最強の火竜――リアマさんほどの脅威を、目の前のヒュドラから感じないのだ。

俺も黄金の獅子に魔力を込めて強化する。

黄金の獅子は、ヒュドラに襲い掛かった。

ヒュドラは先程より攻撃の威力こそ上がったが、大きくなったために柔軟な動きが出来なくなっている。おまけに、的《まと》も大きい。

ネメアの獅子が一方的に攻め続ける展開になった。

俺はその間に、小柄な男に再度接近。

槍で突きを放つ。

小柄な男は灰になった右腕を再生させながら、それを必死に避ける。

だが、俺はまだ全力を出しちゃいない。

俺は十二枚の雷の翼を駆使し、空へ飛び上がる。

上下左右に動き回りながら、すれ違いざまに何度も何度も男の体に傷を負わせていく。

だが、そうしているうちに男も俺の動きに慣れてきたらしい。

魔力障壁を駆使しつつ、攻撃を受け流してくるようになった。

「我らが神よ！　見ておられますか！　私は今、最高に楽しんでいます！」

小柄な男はそう口にすると、翼に膨大な魔力を込め、羽ばたかせた。

俺と同じ高さにまで一瞬で飛び上がると、俺とほぼ変わらない速度で飛び回り、攻撃を仕掛けてくる。

空中で、何度も何度も打ち合う。

しかし、威力は俺の方が断然上だ。

その度に奴の両腕や両脚が焼かれ、体が徐々に崩れていく。

だが、その顔から不気味な笑みは消えない。

これほど追い詰められているのに、心の底から今を楽しんでいるらしい。

だが突如として、小柄な男がバランスを崩す。

空を飛ぶ速度も落ちているし、魔力も目減りしているな。

限界が近づいてきているらしい。

となれば――ここが攻め時だ。

俺は、高密度の魔力と神の力を槍に集中させる。

そして槍の穂先を空に向け、全力で上空に投擲する。

槍は空中でピタリと止まり、くるりと反転。

すると、槍を中心に超巨大な雷属性の魔術陣が展開される。

その下に、地上に近づくにつれて段々小さくなるよう、大きさの異なる魔術陣が縦に十一枚連なった。

合計十二枚の魔術陣――その一枚一枚に、莫大な魔力が込められている。

その光景を見て、小柄な男の顔から、表情が消える。

男はただ呆然と呟く。

「……ははは、流石にこれはどうすることも出来ませんね」

俺はそれを横目に、魔術陣を起動させる。

「万象《ばんしょう》一切を焼き滅ぼせ、【雷霆《ケラウノス》】」

槍を中心にした魔術陣が起動した。

すると、槍がバチバチと激しく放電しながらゆっくりと、しかし確かに落下し始める。

一つ、また一つと魔術陣を通過するごとに、槍の速度が凄まじい勢いで上がっていく。

そして、最後の魔術陣を通過した時、槍はただ一人を滅ぼすための一条の稲妻《いなずま》となった。

男は目を閉じて、祈るように口を開く。

「我らが神よ、今貴方の元へ行きます」

瞬間、黄金の雷光が帝都の空に輝く。

その眩いほどの光が消えた後、そこに小柄な男の姿はなく、一本の槍とひび割れた地面だけが残っていた。

……やっと、片付いたな。

俺は胸を撫で下ろし、概念武装付与を解除する。

俺はゆっくりと深呼吸して、槍を地面から引き抜いた。

すると、ミシェルさんとグレイスさんが近寄ってきた。

二人は優しく微笑んで、よくやったと俺の頭をクシャクシャと撫でる。

こうして、後に歴史書にすら刻まれるほどの一大事件として扱われることになる、『魔術競技大会襲撃事件』は幕を閉じたのだった。

エピローグ

帝都は未曽有《みぞう》の大事件の後処理に右往左往しながらも、穏やかな日常を少しずつ取り戻していっている。

ちなみに、魔術競技大会は優勝校はなしという結果に落ち着いた。

襲撃事件により大会を続けるのが困難になったというのが、その理由だ。

オリバーたちは残念がっていたものの、最後まで試合が出来ていない以上仕方ないと納得していた。

そういう風に言えるのはきっと、彼らがこの魔術競技大会で、勝利以上に大きな物を得たからだな。

現に姉さんたちの鍛錬や、試合の数々は何物にも代えがたい経験だったと、オリバーたちは笑って言っていたっけ。

それに、帝都からの刺客だってあれで打ち止めではなかっただろう。

もしオリバーたちが優勝していたら、恨みからつけ狙われる、なんてことも考えられるわけだし、そういった意味でもこの終わり方でよかったと思わなくもない。

そうして俺たちの帝都滞在も終わりに近づいてきたある日。

『神について話したいことがある』と言われて、俺は帝城にある、ミシェルさんの私室に呼び出された。

俺が部屋に入るなり、ミシェルさんとグレイスさんが口を開く。

「突然ごめんなさい。でもカイルが帰ってしまう前にどうしても話しておきたいことがあって」

「以前にもお伝えしましたが、私たちの一族は神と関係があります。その神々が、貴方と話したいとおっしゃっているの」

……神とお話!?

と、以前彼女たちの口から帝国の成り立ちについて聞いていなければ、思ったことだろう。

しかし、今日呼び出された時点で、なんとなくこういうこともあるかもしれないと薄々思ってはいたのだ。

俺は小さく頷く。

するとミシェルさんは明かりを消して、部屋の奥に置かれた執務机に手を触れる。

次の瞬間、執務机の上に大きなホログラムウィンドウが現れた。

そこには、三人の人物が映っている。

ミシェルさんが一人ずつ紹介してくれる。

「右から、ゼウス神、堕天使ルシフェル様、大天使サリエル様よ。みんな、ウルカーシュ帝国の建国を手伝ってくださった方々よ」

俺は三人の神々に頭を下げる。

「初めまして、カイルと申します」

彼らの存在や特徴については、ここに来る少し前に精霊様方に聞いていた。

おおよそその通りなので、そこまでの驚きはない。

むしろ、納得に近しいような不思議な気持ちになる。

ちなみに彼らの名前が俺の前世にいた神や天使と同じなのには、理由があるとのこと。

彼らは元々俺のいた世界の神々だったのだが、大戦によってこの世界の均衡が乱れたために、星からの要請を受けて、分霊体を送り込んだのだとか。

サリエル様が口を開く。

『カイル殿、先日は邪教徒の一人を滅ぼしてくださり、ありがとうございました。あなたのお陰で帝都の平穏は保たれました』

「いえ、こちらが勝手にやったことですから」

俺が頭を下げてそう言うと、サリエル様は『それでも、ありがとう』と言った。

続けてゼウス神が楽しそうに開いてくる。

『ほう、我らを見ても怖気《おじけ》づかんとはな……なぜじゃ？』

「精霊様方や竜神様などと会ったことがあるので、高位存在には慣れているんです」

俺の返答を聞いて愉快そうに笑うゼウス神を、ルシフェル様が落ち着いた口調で窘める。

『そんな話をするために呼んだのではあるまい。カイル、今日は世界樹について話したいことがあり、こうして来てもらったんだ』

ゼウス神は、思い出したように言う。

『おお、そうだったな。カイルよ、お前は世界樹についてどこまで知っている？』

世界樹とはこの星に数本のみ存在する、世界の均衡を保つための機構の一つだと、小さい頃に教わった。

だが、世界樹の生態についてさらに詳しく知っているかと言われると……

そんな俺の様子を見て、サリエル様が穏やかな笑みを浮かべる。

『世界樹は、星の地脈とつながっている樹の総称。そこから魔力を吸い上げ、周囲に還元・循環させることで、自然を繁栄させ、魔物が発生しないようにしているんです』

それは初耳だ。

だが、同時に色々なことに納得がいった。

あれだけ巨大な樹を維持する魔力はどこから来ているのか、なぜ世界樹の周辺は自然豊かになり、魔物の数が他と比べて少ないのか、といった点に関して以前からずっと疑問を抱いていたのだ。

それらが分かってスッキリはしたが、なぜ今その話をするのだろうか。

そんな俺の気持ちを察したように、ルシフェル様とゼウス神が口を開く。

『その世界樹が近年まれに見るほど活性化しているのだ。それ自体は良いことだが、弊害《へいがい》もある。活性化した世界樹は魔力の宝庫だからな。私利私欲でその力を狙う者が間違いなく現れるだろう』

『万が一、世界樹が悪神の手に落ちてしまったら、世界の均衡が間違いなく崩れるだろう。そこでカイルには、改めて世界樹の守護を頼みたいのだ。それこそがお前たち守護者の一族の役目でもある』

ゼウス神は真剣な表情をしてそう言った。

確かに世界樹を守ることは、俺たち守護者の一族の役目の一つだ。

言われなくとも――と言いたいところではあるが、神々から直々に託されるほどのものだと考えると、背筋が自ずと伸びる。

すると、ゼウス神が笑う。

『とはいえ、世界樹につきっきりになれと言っているのではない。これまでと同じように世界を巡りながらその均衡を保つことが、結果的に世界樹、ひいてはお前の大切な人を守ることに繋がるからな』

大切な人を守る、という言葉を聞いて、俺は意識を改める。

俺はこれまで、なんとなくその場で困っている人がいたら、力を振るうという流れで戦っていたように思う。

調停者としての使命だって、精霊様方に言われたから、そう在らねばと思って果たしてきたようなものだ。

だが、これまでの旅路で、多くの『大切な人』『大切な物』『大切な場所』ができたように思う。

そういった何かを大切にする温かい心を持って、本当に調停者としての役割と向き合う――それが俺の本当の使命なのかもしれないな。

「分かりました。改めて、世界樹を――この世界を守ると、誓います」

俺がそう言うと、三人の神々は満足げに笑ってくれた。

神々との会話が終わり、通信が切れた後、ミシェルさんとグレイスさんが今後の予定を聞いてきた。

メリオスに帰ることを告げると、悲しそうな表情で引き留めてくれる。

しかし、孤児院が心配だし、メリオスにはまだ邪教徒の連中が潜んでいる可能性もある。一刻も早くメリオスに戻って、それらに関する調査をしなくてはいけない。

「……やっぱり……転移を……各都市に……」

「そうね。……そうすれば……すぐに取り掛かるわ」

ミシェルさんとグレイスさんは別れ際、いまいちよくわからないことを呟いていたけど、気にしないことにした。

そして帝都滞在最終日、荷物を纏めた俺らは、獅子の鬣亭の前にいた。

「レオーネ、帝都滞在中は随分と世話になった。助かったよ」

兄さんがそう言って頭を下げると、レオーネさんが「気にするな」と顔の前で手を振る。

「レスリーたちの力になれたならそれでいい。また帝都に来る時には連絡してくれ。もちろん、カイルやレイアたちもだぞ。お前たちが泊まるのなら、貸し切りにしてやる」

レオーネさんはそう言って、豪快に笑う。

そんな彼の言葉に、兄さんが苦笑する。

「その気持ちは嬉しいが、あまり他の人に迷惑をかける結果になっても悪いしな。勝手ばっかやってると、奥さんや娘さんたちに叱られるぞ」

兄さんの言葉を聞いた途端、レオーネさんの笑い声に震えが混じり、少しずつ小さくなっていく。

どうやら、戦場では黄金の獅子と呼ばれたレオーネさんも、家庭では奥さんや娘さんたちに頭が上がらないようだ。

それでも、レオーネさんは宣言する。

「お、男に二言はない。母さんたちに何を言われようとも、お前たちに関することだけは儂の好きにさせてもらう」

「……奥さんたちに何か言われたら、私も一緒に説得するから安心しろ」

兄さんは少し照れくさそうに、そう言った。

レオーネさんは「それじゃあ、あまり長く引き留めるのもなんだし」と前置きし、ニカッと笑う。

「ありがとう、友よ。では、また会おう」

それから俺たちは一人一人レオーネさんとハグをして、別れの挨拶をした。

そして、レオーネさんと獣人たちに見送られながら、獅子の鬣亭を発つのだった。


メリオスへの帰り道。

今はリナさんが馬車を御してくれているので、俺は客車に乗っている。

俺は目を瞑って、これまでの旅を振り返る。

今回の帝都滞在は、子供を誘拐した邪教徒を相手取ったり、メリオス校の生徒やフォルセさんを狙う暗殺者と戦ったりと、大変だった。

しかし、悪い思い出ばかりというわけでは決してない。

レオーネさんに、ミシェルさんとグレイスさんと出会えたのは、紛れもなくかけがえのない素敵な体験だったと言えるだろうし。

里に引きこもって自分の好きなことに没頭するのは楽しかった。

だけど、人と触れ合い、新たなことに触れ続けるのも案外悪くないのかもしれない。

とはいえ、邪教徒の件はまだ片付いたとは言い難いし、まだまだ世界は平穏とはほど遠い。

これからも頑張らなければならないな。

……そこまで考えて、俺は人は環境でここまで変わるものなのかと笑ってしまう。

だって一人が大好きでのんびりすることが大好きだった俺が、こんな『誰かのために』みたいなことを真剣に考えるようになるだなんて。

目を開けて、前を見た。

そこには美しい自然と、広大な道が広がっている。

そして馬車はのんびりゆっくりと、進んでいくのだった。

The Record by an Old Guy in the world of Virtual Reality Massively Multiplayer Online
とあるおっさんのVRMMO活動記
1〜28
椎名ほわほわ
Shiina Howahowa
アルファポリス 第6回 ファンタジー小説大賞 読者賞受賞作!!
累計180万部突破の大人気作
(電子含む)
TVアニメ
2023年10月2日より放送開始!
TOKYO MX·BS11ほか
コミックス 1〜11巻 好評発売中!
とあるおっさんのVRMMO活動記
椎名ほわほわ
現実じゃ冴えない会社員(38歳・独身)でもVRMMOの中では名うてのスキル職人!?
ネットで人気爆発!
冴えないおっさんのほのぼのVRMMOファンタジー!
第6回アルファポリスファンタジー小説大賞 読者賞受賞作、待望の書籍化!
超自由度を誇る新型VRMMO「ワンモア・フリーライフ・オンライン」の世界にログインした、フツーのゲーム好き会社員・田《た》中《なか》大《だい》地《ち》。モンスター退治に全力で挑むもよし、気ままに冒険するもよしのその世界で彼が選んだのは、使えないと評判のスキルを究める地味プレイだった!
——冴えないおっさん、VRMMOファンタジーで今日も我が道を行く!
1〜28巻 好評発売中!
各定価:1320円(10%税込)　illustration:ヤマーダ
とあるおっさんのVRMMO活動記 1
現実じゃ冴えないおっさんが料理生産から冒険までVRMMOで大活躍!!
大人気ファンタジー待望のコミカライズ!!
シリーズ累計18万部!!
漫　画:六堂秀哉　B6判
各定価:748円(10%税込)
アルファポリスHPにて大好評連載中!
アルファポリス 漫画　検索

若き天才技術士《エンジニア》、クリス・オロックリンは、卓越したセンスで仲間の武器を修理してきたが、無能のそしりを受けて殺されかけてしまう。諍いの中でダンジョンの深部へと落下した彼が出会ったのは——少女の姿をした兵器だった！　壊れていた彼女をクリスが修理すると、意識を取り戻してこう言った。「命令して、クリス。今のあたしは、あんたの武器なんだから」　カムナと名乗る機械少女と共に、クリスの本当の冒険が幕を開ける——！

●定価：1320円（10%税込）　●ISBN：978-4-434-32649-3　●Illustration：妖怪名取

追放された神官、【神力】で
虐げられた人々を救います！
女神いわく、
祈る人が増えた分だけ
万能になるそうです
著 Saida《サイダ》
1・2
万能な【神力】で、捨てられた街を理想郷に!?
俺だけに見える女神と
マイペース
救済生活はじめます！
教会都市パルムの神学校を卒業した後、貴族の嫉妬で、街はずれの教会に追いやられてしまったアルフ。途方に暮れる彼の前に現れたのは、赴任先の教会にいたリアヌンという女神だった。アルフは神の声が聞こえるスキル「預言者」を使って、リアヌンと仲良くなると、祈りや善行の数だけ貯まる「神力」で様々なスキルを使えるようにしてもらい――お人好しな神官アルフと街外れの愉快な仲間との温かな教会ぐらしが始まる！
◎各定価：1320円（10％税込）　◎illustration：かわすみ
追放された神官、【神力】で虐げられた人々を救います！2
Saida
女神様全面協力(?)
お悩み相談でトラブルは万事解決!!

この作品に対する皆様のご意見・ご感想をお待ちしております。

おハガキ・お手紙は以下の宛先にお送りください。

【宛先】

〒150-6008 東京都渋谷区恵比寿 4-20-3 恵比寿ガーデンプレイスタワー 8F
（株）アルファポリス　書籍感想係

メールフォームでのご意見・ご感想は右のＱＲコードから、
あるいは以下のワードで検索をかけてください。

アルファポリス　書籍の感想　検索

ご感想はこちらから

本書は Web サイト「アルファポリス」（https://www.alphapolis.co.jp/）に投稿されたものを、改題・改稿、加筆のうえ、書籍化したものです。

引《ひ》きこもり転生《てんせい》エルフ、仕方《しかた》なく旅《たび》に出《で》る３

Greis（グライス）

2023年 9月30日初版発行

編集－彦坂啓介・若山大朗・今井太一・宮田可南子
編集長－太田鉄平
発行者－梶本雄介
発行所－株式会社アルファポリス
〒150-6008 東京都渋谷区恵比寿4-20-3 恵比寿ガーデンプレイスタワー8F
TEL 03-6277-1601（営業）　03-6277-1602（編集）
URL https://www.alphapolis.co.jp/
発売元－株式会社星雲社（共同出版社・流通責任出版社）
〒112-0005 東京都文京区水道1-3-30
TEL 03-3868-3275
装丁・本文イラスト－Genyaky
装丁デザイン－AFTERGLOW
印刷－図書印刷株式会社

価格はカバーに表示されてあります。

落丁乱丁の場合はアルファポリスまでご連絡ください。

送料は小社負担でお取り替えします。


ISBN978-4-434-32656-1 C0093